KB198946

야드라, 떠나보니 살겠드라

야드라,
떠나보니
살겠드라

야드라, 떠나보니 살겠드라

**쨍쨍
에세이**

contents

영국

러시아

프랑스

스위스

스페인

우즈베키스탄

그리스

아제르바이잔

한국

모로코

네팔

인도

세네갈

태국

에티오피아

스리랑카

탄자니아

남아프리카공화국

쨍쨍이 다녀간 세계 방방곡곡

♥ 낭만과 사랑을 만난 곳

💧 우당탕탕 사건을 겪은 곳

⚑ 삶의 전환점을 맞은 곳

★ 소중한 인연을 맺은 곳

🧳 평온한 날을 지낸 곳

미국

멕시코

인도네시아

볼리비아

아르헨티나

호주

우루과이

뉴질랜드

일러두기

- 본문 가운데 일부는 말맛을 위해 맞춤법을 따르지 않았습니다.
- 본문에서 외국어 대화는 상황에 따라 낮춤말과 높임말을 혼용했습니다.

제주에서,
여행자 쨍쨍으로부터

'오불생활자클럽'이라는 유명한 다음카페가 있다. 지금처럼 SNS 가 활발하지 않을 시절, 여행 좀 한다는 사람들에게 널리 알려진 세계일주 관련 카페였다. 언젠가 우연히 발견해 들어가게 되었는데, 세상에! 어찌나 신세계였는지 카페를 둘러보느라 밤을 꼴딱 새웠다. 세계 여행은 나의 오랜 꿈이자 로망이었는데, 이곳에는 이미 세계 여행을 했거나 하고 있는 사람들로 가득했다.

카페 회원들의 연령층은 생각보다도 더 낮았다. 나보다 한참 어린 친구들도 여행 후기를 멋지게 올리고 있었다. 당시 마흔아홉이었던 나는 이 나이가 되도록 세계 여행이 막연한 꿈이라 생각하고, 근무하던 초등학교의 방학 때만 조금씩 여행하는 게 고작이었는데 말이다.

여행 중인 여행자들이 현장에서 올리는 글들도 많았는데, 그 이야기들은 하나같이 다 흥미진진했다. 글을 하나하나 정독하고 있자니 심장이 두근대기 시작했다. 그중 나를 사로잡은 게시물이 하나 있었다. 나랑 똑같은 초등교사로서 명예퇴직을 하고 세계 여행을 떠난다는 글이었다. 그 글에는 100개 이상의 축하 댓글이 달려 있었다. 명예퇴직 후 여행이라니, 내가 꿈꾸던 삶이 아니던가! 곧장 그 글의 작성자인 '나야' 선생님의 글들을 찾아 열독했다. 결론은 하나로 모아졌다.

"그래, 내가 꿈꾸는 삶, 나도 함 해보자!"

제일 먼저 한 일은 나야님께 메일을 보낸 것이었다. 나의 각종 사회적, 경제적 상황을 말씀드리면서 어떻게 하면 명퇴 결심을, 더 나아가 세계 여행 결심을 굳힐 수 있는가 여쭤보았다. 나야님으로부터 금방 답장이 왔다. '독신에, 연금생활이 가능하며 여행을 무지하게 좋아하면 걸리는 것이 뭐가 있느냐. 그냥 떠나시오!'라는 딱 부러진 답이었다. 그래도 뭐가 아쉬운지 나는 통 결정을 내리지 못하고 한참 뭉그적거리다 메일에 적혀 있던 나야님의 연락처로 직접 전화를 드렸다. 나도 모르게 전화기를 붙잡고 한차례 하소연했다.

"빨리 학교를 그만두고 샘처럼 여행을 떠나고 싶은데… 아직 결심이 서지를 않아요…."

했던 말을 또 하고, 또 했더니 끝내 나야님의 샤우팅이 들려왔다.

"어휴, 니 그 돈 언제 다 쓸래?!"

섬찟했다. 나는 독신이었고, 큰돈 쓰는 취미도 없어 제 한몸 건사

할 자산 정도는 갖고 있었다. 인정할 수밖에 없었다. 맞다, 맞아! 내
가 번 돈이니 쓰자. 떠나자, 내 좋아하는 여행하러!

나에게 여행이란 삶이다. 여행이라는 삶, 삶이라는 여행.
자궁에서 유영할 때부터 이미 시작된 여행,
삶 속에서 나는 맘껏 헤엄치기로 했다.

이 글을 읽는 여러분 가운데 "돈이 얼마나 많으면 저런 글을 쓸
까? 돈 자랑하냐?" 하실 분이 있다면 주위를 둘러보시라. 돈이 있다
고 모두가 다 세계 여행을 떠나던가? 아니다. 그러니 벌어둔 돈, 무
덤에 가져갈 수 없으니 살아 있을 때 내가 좋아하는 일을 하는 데 쓰
자는 취지의 글이다. 내 경우에는 그것이 여행이었으니, 여행 이야
기가 가득 담긴 책을 낸 것일 뿐이다. 당신에게도 그런 일이 있기를
바라며, 이만 총총.

제주에서,
여행자 쨍쨍으로부터

1부

천국

아니면

지옥

♥

    한번 빠지면 헤어나올 수 없다는 '히피 여행자들의 블랙홀' 남인도의 함피에 도착했다. 고아에서 야간버스를 타고 힘들게 도착한 지 이틀째 되는 날이다. 첫날 묵었던 숙소에 (무려) 잠금 장치가 없어서 다음 날 숙소를 바꾸기로 한 참이었다. 이른 아침, 미리 점 찍어둔 숙소로 가서 방이 있느냐고 물었더니 "청소 중이니 좀 기다리시오" 란다.

    "그래요, 기다릴 테니 멋진 방 주세요!"

    내가 이 숙소를 선택한 이유는 아름다운 정원 때문이었다. 평생 정원 있는 집에 살아보지 못한 한풀로, 여행 중 숙소를 선택할 때 정원은 내게 아주 중요한 요소로 꼽혔다. 내 집에 없다고 살아보지 못할 것은 아니니까! 그래서 '비록 방은 좀 허접해도 정원만 있으면 된다'는 나만의 규칙을 만들었달까?

방 청소가 끝나기를 기다리며 그곳에서 장기투숙 중이라는 여행자들과 이야기를 나눴다. 그런데 한 시간이 지나도, 두 시간이 지나도 숙소 주인장이 날 부르지를 않는다.

'청소하는 데 원래 이렇게 많은 시간이 걸리나? 도대체 방 상태가 어땠길래?'

옛말에 답답한 사람이 샘물을 판다고 했지. 냉큼 프런트로 가서 방 청소가 끝났느냐고 물었다. 그런데 웬걸, 얌전히 두 시간 이상을 기다린 내가 버젓이 있건만 숙소 주인장이 나에게 한 말은 "방이 없다"였다. 청소를 끝낸 뒤 나를 홀라당 잊어버리고 방금 온 독일 여행자에게 방을 줘버렸다는 것이다.

"뭐라고요!"

그런 법이 어딨냐고 소리를 빽 질렀지만 주인장은 이게 무슨 문제냐며 싱글벙글거린다.

"노 프러블럼!"

"넌 노 프러블럼이겠지만 난 빅 프러블럼이야…."

내 심각한 표정은 아랑곳없이 그는 '노 프러블럼' 나라의 국민답게 다시 한번 "노 프러블럼"을 외친다. 그럼 나는 어디서 자느냐고 했더니 자길 따라와보란다. 그러면서 방 하나를 보여준다.

"여기 우리 아들 방이야. 여기서 우리 아들이랑 함께 자도 돼."

이게 지금 할 소리인가. 난 벌린 입을 다물지 못하는데 (알고 싶지도 않았지만) 아들 있는 숙소 주인장의 얼굴은 아주 평온하다.

이런 나라, 뭐가 좋다고 벌써 두번째 발을 디뎠을까? 진정한 '멘붕' 상태가 되어 로비 테이블로 돌아왔더니 날 기다리던 친구들이 체크인은 어떻게 되었느냐고 물어왔다. 그들에게 하소연하듯 자초지종을 털어놓았다. 방을 다른 사람에게 넘기고 없더라, 자기 아들 방 보여주면서 어쩌고저쩌고…. 그러자 내 이야기를 들은 여행자 모두가 합창했다.

"무얼 바란 거야? 여긴 인도야This is India!"

놀라워하며 같이 분노해줄 줄 알았던 내가 잘못했다. 어쨌거나 여기에는 방이 없다니까 다른 숙소를 찾아봐야겠다 생각하고 배낭을 챙겨 일어서려는데 한 남자가 내 손을 잡았다.

"내 방 한번 봐볼래?"

그러면서 그는 자신의 방을 열어 보였다. 매트리스만 하나 덩그러니 놓여 있고 벽에 모기장이 걸린 아주 심플한 방이었다. 방 여기저기에는 짐들이 흩어져 있었다. 그는 이미 이 방에서 한 달째 기거 중이라 했다.

"너만 좋다면 주인에게 말해서 매트리스 하나 더 달라고 할게."

너만 좋다면? 왜 좋지 않겠니. 방은 그저 잠만 잘 수 있으면 충분하고, 내 앞에 선 당신이 이렇게 멋지니 좋고말고! 이제 와 고백하자면, 어릴 때부터 '외국인 남친 사귀어보기'가 나의 오랜 꿈이었다. 이게 실현되는 순간인데 무조건 오케이! 이리하여 영국인 리처드와 한국인 순자는 함피에서 같은 방을 쓰는 동거인이 되었고, 그는 곧이어 내 공식 유럽인 남자친구 1호가 되었다.

내 불변의 연애법칙 가운데 하나는 연상과 사랑에 잘 빠진다는 것이다. 20대 때 40대를 사귀었던 남다른 경험을 시작으로, 연애 상대가 열 살쯤 연상인 것은 내게 흔한 일이다. 그러니 리처드가 아무리 나이들어 보여도 그다지 문제가 되지 않았다. 이때가 2000년이니 내 나이 꽃다운 마흔이었는데, 그는 나보다 '고작' 열아홉 연상이었다. 내가 좋아하는 수염도 길렀고, 머리칼도 은색이며 가슴에 털도 났는데, 무엇보다 영국인이란다. 막연히 영국인에 대한 환상이 있던 시기라서 더 그에게 끌렸는지도 모르겠다. 문학소녀 시절, 영국 소설을 참 많이 읽었는데 주인공은 죄다 젠틀맨이었으니 리처드도 분명 젠틀맨이지 않을까?

어느 날은 외출했다가 돌아와보니 리처드가 종이에 뭔가를 열심히 적고 있었다. 뭐 하나 봤더니 '순자', 내 이름 두 글자를 종이에 정성껏 쓰고 있었다. 땀까지 뻘뻘 흘려가면서! 이 모습이 어찌 사랑스럽지 않을까!

다만 리처드에 대해 논할 때 영어 이야기를 쓰지 않을 수가 없다. 대학 교육까지 받은 나는 영국인 리처드의 발음을 당최 알아듣질 못했다. 초창기엔 그의 "OK" 발음조차 무슨 말인가 싶어, "뭐? '오카이'? 오카이, 그게 뭔데…" 하기를 여러 차례였다. 대화는 더듬이 영어로 더듬거렸지만 연애는 일사천리였다. 누가 연애를, 사랑을 말로 한다고 했던가. 스킨십은 만국공통의 언어다. 만난 다음 날부터 손을 잡기 시작해 헤어지기 며칠 전까지 우리는 그야말로 땀띠가 날 정도로 날마다 손을 잡고 아름다운 함피 마을을 사부작사부작 걸어

다녔다.

"리처드! 직업이 뭐야?"

초면의 상대방에게 나이와 직업을 묻지 않는 게 예의라고 영어 시간에 마르고 닳도록 배웠지만, 사람 사이에 늘 정답이라는 것은 없다. 궁금한 것은 물어야 제맛이다.

"이 일 저 일… 아주 많은 직업을 가졌었지."

학교 선생님이었던 나는 한국에서 직업군이라고는 언제나 교사 집단만 봐서 그런지, 이 일 저 일을 한다는 것마저 근사해 보였다. 이런저런 일(사실 그게 구체적으로 어떤 일인지도 모르면서)을 하는 그의 젊은 시절과 현재의 모습이 겹쳐 보이는데, 그게 또 어찌나 멋있던지. 눈에 콩깍지 수천 개가 끼인 시절이겠다.

이 숙소에 묵고 있는 장기 여행자들은 리처드를 '캡틴 리처드'라고 불렀다. 그곳에는 20대 유럽인 여행자들이 많았는데 그들은 리처드를 아버지처럼 믿고 따랐다. 잘은 몰라도 그가 타인에게 주는 안정감은 그만큼 컸다.

우리는 낮 시간에는 각자 마을 이곳저곳을 여행하다가 해질녘이면 함께 돌산의 선셋 포인트로 갔다. 아무데나 앉아 그저 말없이 해가 저어기 너머로 넘어갈 기다리던 그 시간들이 기억에 가장 많이 남는다. 리처드와 나는 서로에게 기대어 붉게 물드는 노을을 한참이나 바라보았다. 사랑이 깊어가는 절정의 순간에 필요한 건 적당한 날씨와 노을뿐이다.

하지만 뭐니 뭐니 해도 리처드와 함께 보낸 최고의 순간은 담배와

홍차를 함께하는 시간이 아니었을까? 그는 손에서 담배를 놓지 않는 골초였고 나는 평범한 흡연자였다. 다만 여행만 가면 담배 피우는 양이 평소의 배를 넘었다. 아름다운 것을 보면 이상하게 담배를 태우고 싶어지니까. 아름다운 곳에서 사랑하는 이와 담배 연기를 내뿜는 것, 환상이 아니고 무엇인가! 리처드는 입에 담배를 대지 않을 때면 대체로 차를 마셨다. 영국인답게 틈날 때마다 홍차를 즐기던 그는 차를 마실 땐 어김없이 나에게도 한 잔을 따라주었다. 그 덕에 내 생애에 마실 홍차를 이때 다 마신 듯하다.

"리처드는 영국 어디에 살아? 아파트? 주택?"

내 예상을 깨고 리처드는 배에서 산다고 말했다.

"순자, 여름방학에 우리집에 오면 내 배 타고 프랑스까지 가자."

오, 항해하면서 프랑스까지 가자고! 그 말만으로 내 마음은 이미 그 배에 실려 영국과 프랑스 사이 어느 해협을 넘나드는 중이었다. 거의 한 달을 함께한 그와의 연애, 손에 땀띠 나는 사랑은 내 겨울방학이 끝남으로써 일단락 났다. 나는 학교에 돌아가야만 했지만 여름방학이 있으니까 괜찮다. 그의 하우스 보트에서 만나기로 했으니까!

그렇게 손꼽아 기다리던 여름방학은 순식간에 다가왔고, 우린 그해 여름 런던 빅토리아기차역에서 재회했다. 그와의 결말이 궁금하다고? 음, 원래 여행지에서 만난 사랑은 여행지에서 끝내는 게 불문율이다. 그 원칙을 깼으니 결말은 말하지 않아도 여러분들이 짐작할 수 있지 않을까.

"사랑이 뭐라고 생각해, 리처드?"

리처드와 만난 첫날 내가 그에게 물었다. 그는 숨도 쉬지 않고 곧장 답했다.

"천국 아니면 지옥."

리처드, 지금도 천국과 지옥을 오가며 살고 있나요?
오랜만에 안부를 전합니다.

***

리처드와의 후일담

결말을 말하지 않으려 했지만, 그냥 말하겠다.

"순자, 학교는 절대로 그만두면 안 돼."

겨울방학 동안의 인도 여행을 끝나고 일상이 다시 시작되었다. 새 학기가 열려 아이들을 만나고 학교생활을 이어가고 있는데… 아, 수업이 안 된다, 수업이 안 돼! 자꾸만 인도 생각이 나고 리처드가 생각났다. 몇 개월 뒤 다시 길을 떠나기로 했지만 마음이 잡히지 않는다. 그럴 때마다 잘 되지도 않는 영어로 영국에 있을 리처드에게 연애편지를 썼다.

내용인즉, "당장 당신을 만나러 가고 싶다. 여름방학 때까지 기다릴 수 없다. 그냥 학교 그만두고 당신을 만나러 갈까?"였다. 저런 다급한 내용의 편지를 쓰고는 날마다 그의 답장을 기다렸다. 답장은 가뭄에 콩 나듯이 왔는데, 당시에는 파파고도 없고 내 영어 실력이 한참이나 달렸기에 매번 영어 선생님께 쪼르르 달려가 리처드의 악필 편지를 내밀고는 해석을 부탁했다.

"학교 그만두고 당신을 만나러 갈까?"라는 질문에 절대로 그만두면 안 된다는 강력한 답장을 받았다. 이 자식, 나를 사랑하지 않는 거야? 그만큼 너를 보고 싶다니까? 그 답장을 받고도 정신을 못 차린 나는 학교에 사표를 쓰고 영국에 있는 리처드에게 가겠다고, 교장 선생님한테 통보하겠다며 교장실 앞을 서성였고 동료 선생님들은 그런 나를 말린다고 한바탕 난리가 벌어졌다.

"쨍쨍! 와 이카노, 니 그카다 반드시 후회한데이."

"사랑? 그거 한때다, 한때! 정신 채리라."

기혼자들의 날카로운 조언이 오고가는 소동이 몇 차례나 지나가고, 대망의 여름방학이 되었다.

2000년 7월 25일, 나는 첫 유럽 여행을 떠났다. 스페인에서 이탈리아, 스위스와 프랑스를 거쳐 리처드의 영국으로! 앞의 네 나라는 오로지 리처드를 만나기 위한 서막에 불과했다. 오매불망 리처드를 생각하며 날짜를 보냈고 우리는 이윽고 런던의 빅토리아기차역에서 다시 얼굴을 맞댈 수 있었다. 그는 나와 소통하기 위해(라고 말했지만 나는 '연애하기 위해'로 받아들였다) 핸드폰을 구입했다고 말했다.

세상에, 이렇게 스위트할 데가!

리처드만을 바라보며 시작한 영국 여행이었기에 사실 영국에는 별로 관심이 없었다. 오로지 프랑스까지 갈 수 있다고 한 그의 하우스 보트에 얼른 올라타고 싶었다. 우리는 도시를 몇 군데 들렀다가 드디어 리처드의 동네에 도착했고, 고대하던 그의 하우스 보트 가까이에 다다랐다. 아직도 그날 두근거렸던 내 심장소리가 들리는 듯하다. 하지만 터질 듯 쿵쾅거리던 그 소리는… 곧 작게 사그라들고 말았다.

음, 상상이 깨지지는 않았다. 살짝 금이 간 정도랄까. 그저 똥물 같은, 그러니까 깨끗하지 않은 운하에 하우스 보트들이 나란히 세워져 있었고, 히피풍의 리처드가 히피풍의 배낭을 메고 그중 한 척으로 나를 안내했다. 겉은 제법 멀쩡해 보였다. 오, 문이 열리는 순간… 그때가 비로소 상상이 깨진 순간이었다. 그가 이름 붙인 '리처드의 보트 하우스'는 무척이나 좁았다. 거기다 여기저기 널브러진 옷가지들로 좁은 공간은 너무나 더럽기까지 했다.

하지만 환상은 깨져도 아직 마음은 깨지지 않았기에 그 너저분한 곳에서 우리는 다시금 재회의 기쁨을 나누었다. 그러다 내 마음까지 깨뜨린 일이 기어코 터지고 말았다.

하우스 보트에는 화장실은 물론, 샤워 공간이 없었다.

"리처드, 그럼 어디에서 샤워해?"

나는 샤워 타월 하나만 몸에 두른 채 멍청한 눈으로 그를 바라보며 질문했다. 그러자 그는 두말 않고 나를 보트 밖으로 이끌어(나는 여전히 타월만 두르고 있었다) 어느 누추한 공공시설에 데려다놓았다. 그후 투입구에 동전을 넣고는 그곳에 나를 밀어넣었다.

"시바….."

신을 찾은 것이 아니다. 욕지거리였다. 험한 말이 절로 나왔다. 잠시 머무는 공간이 아니라 집인데 화장실은 물론 샤워실이 없구나("시바"). 가까이도 아니고 몇 분을 걸어서("시바") 이곳에 오게 할뿐더러 동전까지 넣어가며("시바") 샤워를 해야 하는구나. 얘랑 살겠다고 그 좋은 학교를 그만둘 생각까지 했다고? ("시바!")

시바, 나 완전 미쳤었구나!

그 순간 내가 학교를 그만두지 못하게 말려주신 동료 선생님들의 얼굴이 한꺼번에 스쳐지나갔다. 선생님들, 너무나도 감사드립니다. 그날 샤워하면서 한국 쪽을 향해 고개를 숙였던가? 지금이라도 고개를 숙여본다.

아무리 낭만과 사랑으로 살아가는 나일지라도, 이 나이쯤 되면 쌓여온 현실감각이라는 게 있다. 물론 남자 볼 줄 모르는 한심함이 그 감각을 무디게 만들었지만, 있기는 있다. 여기까지구나… 생각하며 머리를 감는 척 머리칼을 한 움큼 쥐어뜯었다.

그럼 곧장 헤어졌냐고? 그랬다면 앞서 내 현실감각을 '날카롭다'고 표현했을 거다. 미련한 나는 이후로도 일주일 정도 그와 여행을 함께했다. 그 시간 동안 알게 된 그의 이력은 굉장했다. 그는 일정한 직업을 가진 적이 없었고, 약에 취해 방화도 저질러봤으며, 옷차림 때문에 숙소에 체크인을 거부당한 순간도 있었단다. 내가 사랑에 빠진, 직장까지 그만두겠다고 결심하게 만든 그는 알코올중독에 걸려 실업수당을 받으며 아시아를 떠도는 유럽인이었던 것이다. 상상은 진즉에 박살났고 내 정신은 가루가 되어 지천을 떠돌았다. 그렇게 나는 내 환상에 조의를 표하며 한국으로 돌아왔다.

리처드를 만나고 돌아온 후 한 달쯤 지나 그에게서 한 통의 연애편지가 도착했다. 역시나 읽기가 몹시 힘든 필기체로 영어가 빽빽하게 한 장 가득 채워져 있었고, 뒷장에는 그가 직접 그린 듯한 그림이 첨부되어 있었다. 그림에는 '리처드의 보트 하우스'라는 표기와 함께 내부가 그려져 있었고 특별히 빨간색으로 표시된 부분이 있었다. 자세히 보니 조그맣게 글자가 쓰여 있었다. '샤워실'이었다. 나를 위한 것이었다! 편지의 마지막 문장은 이러했다.

"순자, 언제든지 와."

나는 답을 어떻게 했던가.

"리처드! 나 기다리지 마.

안 가. 딴 놈 생겼거덩!"

내가

너무

정직했나?

뭐든 편한 대로 좋을 대로 하는 게 최고인 여행이라지만, 긴장해야 하는 상황은 몇 가지 있다. 이를테면 다른 나라에 입국하는 심사대에 설 때다. 왜 우리는 항상 이곳에 서기만 해도 긴장하는 걸까? 마치 아무런 잘못도 하지 않았는데 거리에서 경찰을 보면 움찔하는 것과 비슷하다. 비교적 심사 난이도가 괜찮은 국가여도 이 자리는 긴장되지만, 혹 악명이 높은 나라라면⋯.

솔직히 고백하자면 나는 방문 시 비자가 필요한 나라와 필요치 않은 나라를 잘 구분하지 못했다. 비자의 개념도 잘 몰랐다는 말이 더 정확하다. 여러 나라를 여행하면서 차츰 비자를 알게 되었으니, 역시 길 위에서의 배움이 크다. 한국인은 유럽에 무비자로 3개월간 머무를 수 있다는 조항도 이탈리아를 여행하면서 알게 되었다. 문제는, 내가 출국한 지 3개월이 지나갈 언저리에 영국으로 넘어가게 된 것이었다.

영국 입국심사는 비자를 잘 모르는 나조차 알 정도로 워낙 악명이 높아서 혹시 몰라 미리 공부를 해두기로 했다. 유럽 여행 전문 카페인 '유랑'에도 질문을 올리고, 블로그 이웃 가운데 유럽에 살고 있는 분들에게 문의도 해보았다. 심지어 이탈리아 대사관에 전화까지 해보았다. 내 모든 질문의 요지는 "유럽 체류기간이 90일이 다 되었는데 지금 영국에 가려고 한다. 영국에서도 3개월 이상 여행하려고 하는데 가능한가?"였다. 경험자들의 답변은 무시무시했다.

"심사관이 까다롭게 굴 것이다. 준비 잘 해라. 귀국 티켓은 필수니까 반드시 준비해라. 영국에서 어디 묵을 거냐고 물으면 절대 친구 집 주소를 대지 말고 반드시 호텔 주소를 대라."

그중에는 현실적으로 걱정되는 답변도 있었다.

"영국에 입국도 못 하고 바로 그 자리에서 한국으로 추방당한 사람도 있다더라."

최종적으로 귀결된 답은 결국 하나였다. "복불복입니다."

조금은 불안한 마음을 안고 유로버스에 탑승했다. 파리에서 출발한 버스는 항구도시 칼레에 도착했다. 여기서부터는 배를 타고 도버해협을 건널 예정이었다. 곧 버스 직원이 입국심사를 위해 모두 내리라고 안내했다. 드디어 시작된 입국심사, 왠지 모를 불안감이 자꾸 든다. 죄를 하나도 안 지었는데 왜 이리 떨리는지 모를 일이다.

그날의 입국심사관은 네 명이었다. 차례를 기다리면서 그들의 얼굴을 살펴보았다. 세 분은 그런대로 인상이 괜찮아 보였는데, 나머지 한 분이 영 심상치 않았다. 저 사람만 걸리지 않았으면 좋겠다 생각하며 내 차례를 맞이했는데 하필 딱 그 사람에게 걸리고 말았다.

"영국에 왜 왔습니까?"

"구경하려고요."

"얼마나 오래요?"

"친구들이 최소 3개월에서 최대 6개월까지 있을 수 있다고 하던데요?"

아마도 이때부터 심사관이 날 이상하게 보기 시작했지 싶다.

"…6개월 동안 뭐 할 건데요?"

"그저 여행만 할 거예요."

"머물 곳은 있고요?"

바로 이 질문이다. 이 질문에 대한 답을 그렇게 연습했건만, 버스에 타기 전에 호텔 주소를 미리 수첩에 적어두는 것을 깜빡해버렸다. 국가가 달라져 인터넷이 터지지 않으니 기다리는 동안 검색도 할수 없었다. 당장 갖고 있는 호텔 주소가 없어 나는 심사관에게 영국 친구인 피터의 주소를 댈 수밖에 없었다. 이제 상황은 본격적으로 꼬이기 시작했다. 심사관의 질문이 점점 많아졌다. 최종적으로 2년 동안 여행할 거라는 내 답변에 그녀는 곧장 직업란을 확인했다. '교사'를 보고는 "교사가 무슨 휴가가 그렇게 길지?"란다. 퇴직했다고 답하자 따발총으로 질문을 쏴댔다.

"그런데 왜 교사라고 적었나요? 돌아가면 직업이 있는 건가요? 지갑 좀 보여주세요, 카드도 보여주시고요. 직업이 없는데 무슨 돈으로 2년 동안 여행을 합니까?"

"저 연금 받아요. 걱정 마세요."

"매달 받는 연금이 얼만데요?" "200만 원 정도."

이 답변으로 의심을 거둘 줄 알았던 심사관은 오히려 나를 빤히 바라보았다.

"200만 원? 내 월급도 그렇게 많지 않은데…."

"제가 얼마나 오래 일했는데요… 27년 일했습니다."

그녀는 더이상 못 믿겠다는 눈초리로 날 쳐다보기 시작했다. 아니 자기 월급하고 내 연금하고 무슨 관계가 있노…? 나도 이즈음부터는 약간 화가 났다. 지갑도 젖혀 보이고 카드도 꺼내 보이고 꼬치꼬치 캐묻는 것에 전부 대답해주었는데도 그녀는 나를 보내주지를 않았다. 다른 승객들은 이미 다 통과되었는데, 왜 나만 갖고 이러는 건가. 그런데 얼씨구, 캐묻는 것도 모자랐는지 이제는 아예 버스에서 내 트렁크를 꺼내왔다.

"저기요? 왜요, 아니 내 트렁크를 왜 꺼내와? 나 지금 저 배 타고 영국 가야 해. 내 친구가 그곳에서 기다리고 있단 말이야!"

계속 이유를 물으며 애원했건만, 내 말은 다 무시하고 인터뷰가 필요하니 트렁크를 들고 따라오란다. 그리고 갇혔다. '갇혔다'는 표현은 좀 센 표현이지만 대기실 문을 안에서 열지 못하니까 갇혔다는 표현은 정확하다. 그렇게 그곳에 두 명의 필리핀 사람과 한 시간여를 무작정 기다려야 했다.

　대기실에 '갇히기' 전에 여자 경찰이 다가와서 내 몸을 검사하겠다고 말하며 "아 유 오케이?"라고 물었다. 내가 어떻게 '오케이' 하겠니. 대기실에서 나랑 같이 갇힌 두 사람과 이야길 나누어보니 그들도 나처럼 유럽을 여행 중이었는데, 다른 나라에서는 아무런 문제 없다가 여기에서 딱 막혔단다. 그래서 기분 나빠서 영국으로 안 간단다. 그리고 그들은 정말로 암스테르담으로 돌아가버렸다. 그래그래, 나도 저렇게 하자 결심하고는 문을 두드렸다.

　"나 언제까지 기다려야 하는데? 이미 한 시간이나 지났잖아."

　그러자 "조금만, 조금만 더 기다려"라는 말과 함께 또다시 문이 닫혔다. '나 치사하고 더러워서 영국 안 갈 거야. 그러니 얼른 내보내줘!' 이 소리가 목까지 올라왔다가 조금만 더 참기로 했다. 피터가 나를 기다리니까.

　드디어 문이 열리고, 조금 전 나를 이곳에 처넣은 심사관이 내게 나오라고 말했다. 독방에서의 인터뷰다. 현지인이 아닌 탓에 나는 조금이라도 흥분하면 가끔 영어의 갈피를 잘 못 잡곤 했는데, 이런 나를 파악했는지 심사관이 통역가가 필요하냐고 물었다. 냉큼 그렇다고 답했고, 곧 전화로 통역가가 등장했다. 그리고 20여 분간의 인터뷰가 이루어졌다. 그런데 이 인터뷰라는 게 사람을 참 허탈하게 만들었다. 별의별 걸 다 물었으니 말이다.

　"그럼 영국에 있다가 어디로 갈 계획이니?"

"이집트." "그리고?"

"몰라, 아직 생각해보지 않았어. 난 그때그때 정하거든."

나의 여행 스타일은 무계획인데 계획을 말하라니! 그래서 있는 그대로 대답했더니 그녀는 도대체 이해가 되지 않은 모양이다.

"2년간 여행한다면서 계획이 없다니… 말이 안 돼."

"왜 말이 안 돼? 사람들은 각기 자기 취향대로 여행하지 않니? 이게 내 스타일이야. 그때그때 가고픈 곳 가는 것!"

"아니, 만약 어떤 나라에 몬순이 발생하면 거길 피해 다른 나라로 가고, 어떤 나라에 허리케인이 생기면 그런 곳 피하고, 뭐 이런 계획도 없다고?"

내가 얼마나 한심했는지 그녀는 급기야 내 여행 계획을 짜주려 했다. 하지만 나도 지지 않았다.

"알았어. 하지만 그건 당신 스타일이야."

그뒤는 더욱 가관이었다. 영국에서는 친구 집에 있을 거라는 내 한마디에 질문 공세가 쏟아졌다.

"그 친구는 언제 어디서, 어떻게 알게 되었지? 친구의 가족은 어떻게 되나? 그 집에 얼마나 있을 건가? 그 친구와 처음 만난 후로 또 만난 적이 있나?"

지금 생각하면 이해되는 물음인데 그 당시에는 화가 치밀어올랐다. 왜 저런 질문에까지 답해야 되지? 내 친구의 사적인 정보를 심하게 캐물어서 전화기 너머 통역가에게 마구 항의했다.

"심사관한테 말해주세요. 나 당장 파리로 돌아가겠다고, 이런 질문에는 더이상 답하지 않겠다고 통역해주세요!"

아주 격양된 목소리로 말했더니 여기서 흥분하면 안 된다며 그가 나를 달래기 시작했다.

"답하지 않으면, 당신 더이상 여행하기 힘들어질지도 몰라."

저 문장은 심사관이 말했다. 내가 저 대답을 듣고 얼마나 놀라고 치를 떨었던가! 이건 진정 협박이지 않나. 나보고 여행을 더 할 수 없을 거라니! 기가 차서 말이 나오질 않았지만 사람은 과하게 어이없는 상황을 맞닥뜨리면 이상하게도 차분해진다.

'그래, 여기서 흥분했다간 큰일나겠구나….'

왜 이 여자 때문에 내 여행을 망쳐야 한단 말인가. 그리고 곧바로 마음을 바꿔먹었다. 인터뷰에 잘 응해주기로, 그 어떤 질문에도 대답을 해주기로! 한마디로 정신을 차린 것이다. 이후 인터뷰는 순조롭게 진행되었고 곧 끝이 났다.

20여 분쯤이 지나고 심사관이 나타나 "굿 뉴스"라며 나를 부르더니 내 손에 6개월 스탬프가 찍힌 비자를 건네주었다. 이걸 받기 위해 이 고생을…. 그리고 이게 끝인 줄 알았다. 이제 배만 타면 되는 줄 알았건만 이번에는 프랑스 출입국관리소 사람들이 나를 잡는다. 내 앞에 사람들은 몇 가지 질문만으로 통과시키더니 나를 잡고는 놔주질 않는다. 영국 심사관들이 했던 질문들을 또 한다. 나도 모르게 다른 사람들이 날 쳐다보든 말든 이렇게 소리치고 말았다.

"아니 왜 나만 갖고 이래? 다른 유럽 사람들은 다 잘만 통과시켜주면서! 내가 유럽인 아니고 한국인이라서 그래? 거기 영국 입국심사 통과 스탬프 안 보이니? 6개월 도장 안 보여?"

나의 우렁찬 항의에 놀란 프랑스 심사관들은 결국 내 영국 친구에게 전화를 걸어 확인을 받은 후에야 나를 통과시켜주었다. 아, 이렇게까지 해서 영국에 가야 하나? 온갖 상념을 안은 채 영국행 배에 몸을 실었다. 얼굴에 수심이 가득한 채로 서 있는 나에게 배 위에서 만난 유럽 친구들이 다가와 말을 걸었다. "조금 전에 봤는데, 대체 무슨 일이 있었던 거냐"고 묻길래 나는 그들에게 영국 심사관 이야기부터 프랑스 심사관의 이야기까지 전부 들려주었다. 그랬더니 자기들도 내 심정을 이해한다면서 대신 미안하다고 말해주었다. 진심으로 안타까워한 그들 덕분에 기분이 좀 풀렸다.

이날 피터는 인터뷰로 늦어지는 나를 세 시간 이상 기다려주었고, 그 과정에서 영국과 프랑스 출입국관리소로부터 전화를 세 차례나 받았다고 했다. 짧은 확인 전화도 아니고 제법 긴 통화였다고. 그들은 나에 관해 이것저것 아주 많은 것을 물어보았단다. 몸서리치게 힘들었던, 두 번 다시 겪고 싶지 않은 입국 수속을 거쳐서야 나는 겨우 피터의 런던 집에 도착할 수 있었다.

런던에 머물면서 한국인 몇 분과 영국 입국심사에 대해 이야기 나눌 기회가 생겼다. 나는 다소 비장하게 나의 영국 입국심사기를 들려드렸지만 반응들이 의외였다. 내가 두 시간쯤 갇혀 있었다고 하니 전혀 놀라지 않고 그건 약과란다. 아예 영국에 들어오지도 못한 채 추방당한 사람도 있다면서…. 그러니 나보고 "그나마 행운이네요"

하신다. 정말 행운인가?

마지막으로 대학에서 저널리즘을 공부 중인 피터의 아들 잭이 내 이야기를 듣더니 말했다.

"순자, 너는 너무 정직하게 대답했어."

그러면서 피터 주소를 댄 순간부터 꼬인 것이라고 말했다. 숙소 주소까지는 아니더라도 대강이나마 호텔명을 말했어야 한단다. 아… 나는 거짓말이 제일 어려운데!

여행에는 언제나 밝고 기쁜 순간만 존재하지 않는다. 10여 년이 지난 지금도 나는 종종 비슷한 일을 겪는다. 그럼에도 여행을 가는 이유? 그 경험을 감수해서 만날 수 있는 훨씬 좋은 세상이 있으니까!

경찰서에

간 사연

🌢

    여행을 떠날 때 지갑에 신용카드 딱 두 개만 챙겨들고 다닌 지 오래되었다. 물론 카드를 잘 받아주지 않아 현금이 필수인 나라도 많긴 하다. 몇 년 전 아프리카 여행 때 말라위 시내의 ATM 다섯 군데 모두 현금이 없어 아예 여행을 못 한 적이 있으니까. 하지만 이건 흔치 않은 경우다. 그러니 나라에 따라 현금을 준비해갈지 말지를 판단하면 된다. 이번에 태국에 갈 적에는 현금을 전혀 준비하지 않았다. 태국은 비교적 ATM이 곳곳에 잘 비치되어 있기 때문이다.

    치앙 칸에 머문 지 열흘쯤 된 어느 날, ATM에 카드를 넣었는데 돈이 나오지를 않았다. 여기저기 시내에 있는 모든 ATM이 전부 묵묵부답이었다. 내가 너무 대책 없이 돈 쓴다고 반항하는 기가? 혹시

잔고부족인가 싶어 절친인 미원에게 SOS를 쳤다. 그녀는 내 통장에 구멍이 날 때마다 무이자 긴급대출을 처리해주는 구세주다.

"미원아, 내 돈 떨어졌다. 얼렁 돈!"

"알따, 가시나!"

미원의 논스톱 대출로 통장에 돈이 들어온 것을 확인하고는 다시 ATM에 카드를 넣었다. 그런데도 현금이 안 나온다. "저 돈 있는데요!"라고 말해봤자 이곳에서는 현금이 없으면 돈이 없는 것이다. 일요일이라 은행 문은 굳게 닫혀 있고, 주변에 한국인은 하나도 없었다. 잠시 고민하다, 자주 가던 숙소 근처 카페로 갔다.

"혹시 여기에 영어 할 수 있는 분 있나요?"

여행자는 넘쳐나도 대체로 현지인 관광객들이라 영어 하는 사람이 그리 많지 않은 치앙 칸. 혹시나 하고 물었더니 내 옆에 있던 남자분이 자기 영어가 된다면서 무슨 일이냐 물었다.

상황을 설명한 뒤에 도와줄 수 있는지를 묻자, 그쪽에서도 어떻게 해주면 될지를 물었다. 머리를 열심히 굴려 그에게 계좌번호를 물었다. 거기로 돈을 넣고 그 사람이 인출해주면 될 터였다. 내 딴에는 신박한 방법이라 생각했다. 내 말을 제대로 이해했는지 그는 자신의 이름과 계좌번호를 적은 쪽지를 전해주었다.

"아, 고마워요! 그럼 잠시만 여기서 기다려주세요, 곧 올게요!"

그분을 잠시 카페에 남겨두고 숙소로 돌아와 폰뱅킹을 시도했다. 해외에서 외국인에게 외화를 보내는 것이 조금 복잡하길래 방콕에 살고 있는 한국인 지인에게 연락했다. 지인은 흔쾌히 5,000바트를 송금해주겠다고 말했다. 나는 친구에게 원화로 20만 원 정도를 보내주면 될 일이었다. 역시 세상에 안 될 일은 없구나. 임기응변에 강한 나 자신, 기특하다! 기쁜 마음을 가득 안고 그분이 계신 카페로 갔다.

그런데… 음, 없다. 아무리 두리번두리번 여기저기 살펴보아도 카페에 그 사람, 내 돈 5,000바트를 가졌을 그 남자가 없다. 어안이 벙벙해져 카페 바리스타에게 물어보니 30분 정도 나를 기다리다 떠나셨단다. 어, 그냥 갔다고? 돈은 이미 송금했는데…!

"무슨 일 있으세요?"

당황스러워 심장이 벌렁거리고 얼굴이 점점 시뻘게지는 내게 어느 여자분이 말을 걸었다. 바리스타는 태국어로, 나는 영어로 그녀에게 상황을 설명했다. 이야길 다 들은 그분이 아주 안타까운 표정으로 말했다.

"굉장히 위험한 일을 저질렀군요! 모르는 사람을 그렇게 믿다니!"

"저는… 태국 사람들을 믿거든요…."

그랬다. 지금껏 내가 만난 태국 사람들은 모두 선하고 친절했다. 그래서 믿어도 된다고 생각했다. 모두들 지금의 당신처럼, 내가 난관에 부딪혀 있으면 선뜻 도움의 손길을 내밀었으니까. 그러자 그녀는 고마워하면서도 미안해했다. 하지만 이미 5,000바트는 그에게 송금해버렸고 가진 것은 그의 이름과 계좌번호뿐, 연락처가 없으니 도와주고 싶지만 별다른 방법을 찾지 못하겠단다. 나는 괜찮다고, 기다려보겠다고 답했다. 사실 아주 잠깐 만났을 뿐이라서 그의 얼굴도 잘 기억나지 않지만, 어쨌든 그가 이 카페에 다시 오길 기다리는 수밖에 없다.

"그래, 내가 바보지. 옆에 있었어야 했는데 생면부지한테 돈을 냅다 보내다니!"

제발 신중하게 살아라, 쨍쨍, 제발! 자리에 앉아 나를 자책하고 또 자책하며 머릴 쥐어박으려는 순간, 그분이 나타났다.

"다행이다! 다시 왔군요. 기다리다가 오질 않아서 경찰서에 다녀온 참이에요!"

그는 알고 보니 방콕에서 이곳으로 여행을 온 외지인이었고, 오늘 오후에 방콕으로 돌아가야 했는데 나를 기다리자니 시간이 촉박했다고 한다. 계좌에 입금된 것도 확인했지만 내가 바로 돌아오지 않아 경찰서에 돈을 맡기고 서류를 작성하고 왔단다. 이렇게 정직한 사람을 사기꾼 취급할 뻔했다. 그랬냐고, 번거롭게 해서 미안하고 고맙다며 인사했다. 곧바로 우리는 함께 경찰서로 가 돈을 찾아왔다. 몇 번이고 그에게 감사를 표했다.

아버지, 사람 좋아하는 내게 살아생전 "자야, 니 사람 무서운 줄 알아야 한데이" 하셨죠. 나는 그 말을 자꾸만 자꾸만 까묵습니다. 아부지요, 하지만 저래 좋은 사람들이 많은 세상입니다, 아부지.

아제르바이잔,

연애

♥

   머문 시간이 오래되지는 않았지만 아제르바이잔에서 제일 많이 본 것이 있다면 단연 레스토랑과 찻집이었다. 여기저기 저기여기 얼마나 많은지 그 수를 세기가 힘들 정도였다. 무엇보다 인상적인 것은 가게의 위치와 크기였다. 바쿠에서 셰키로 오는 중에 본 어느 레스토랑은 숲속에 있었다. 위치도 놀라웠는데 백 명 단위 손님도 받겠다 싶을 정도로 규모도 대형이었다. 그 아름다운 숲에 연기가 올라왔으니 바비큐 식당이었지 싶다. 그렇게 각종 널찍한 식당들이 경치가 좋은 곳에 위치해 있고, 내부 장식도 잘 꾸며놓아서 날마다 나를 유혹했다. 하지만 기본적으로 찻집이 더 좋았다. 일단 연기가 나지 않았으니까.

   아제르바이잔 셰키를 여행하는 동안 매일 방문한 찻집이 있다. 지어진 지 250년이 넘어 과거 실크로드 상인들이 머물던 카라반사라이는 현재 낮에는 관광지로서 일반인들에게 개방되고 밤에는 숙박할 수 있는 호텔로 운영되는 곳인데, 그 내부에 자리한 찻집이 바로 내가 출근도장을 찍은 곳이다. 호텔 분위기와 장식도 내 취향이었지만 그곳의 좌석이 그야말로 편안함의 극치였다. 앉았다가 누웠다가 비스듬히 기댔다가, 오만 방법으로 그 역사적인 공간을 즐길 수 있었다. 그날도 향이 좋은 차와 함께 자리에 널브러져 있는데 갑자기 내 앞에 네 사람이 나타났다.

잠깐 찻집의 구조를 설명해보자면 내 맞은편에 똑같은 자리가 있고, 그 사이에 관광객들이 다닐 수 있는 통로가 있다. 아마 그 네 명은 호텔 구경을 왔다가 여기 찻집까지 온 모양이었다. 그들은 나를 보더니 사진을 찍어도 되느냐고 물었다.

"물론입니다, 찍어도 되고말고요."

그들이 찻집 사진을 찍기 좋게 자리를 피해주려고 했더니 그대로 있으란다. 그들은 찻집이 아니라 나와 사진을 찍자고 한 것이었다.

"그래요? 그게 뭐 그리 어렵다고요, 같이 찍어요!"

이들은 이탈리아 관광객들이었고, 열여섯 명으로 이루어진 그룹투어 팀이라고 했다. 그중 네 명끼리 시내 관광을 다니다가 여기까지 온 것이다. 혼자 여행 중인 내가 굉장히 궁금한 모양이었는지 네 사람이 동시에 마구 질문을 날렸다. 여행을 다니다보면 종종 이런 일들이 벌어진다. 내가 그렇게 독특한 편인가?

"은퇴했다고? 벌써? 여행만 다닌다니, 내가 꿈꾸는 삶인데!"

네 사람은 내가 벌써 은퇴자라는 것과 곧장 여행자의 삶을 택한 것을 신기해했다. 그중 한 사람이 유독 경이에 찬 눈으로 나를 바라보았다. 그 사람은 짧은 우리의 대화가 못내 아쉬웠던지 다른 이들이 가자고 했는데도 자꾸만 내게 이것저것을 물으며 대화를 이어갔다. 그러다 결국 재촉하는 일행들을 따라 그도 아쉬움을 뒤로한 채 자리를 털고 일어났다. 나는 또 혼자가 되었다. 한바탕 대화소리가 오고간 자리에는 고요와 정적만이 남았지만, 다시 소란해지는 데 그리 오래 걸리지 않았다. 네 사람 중 한 사람, 경이에 찬 눈으로 나를 바라보던 그 남자가 다시 내 앞에 나타났거든.

그에게 나머지 세 사람은 어디 갔는지 물었다.

"그들은 숙소로 갔어. 난 혼자 택시 타고 돌아갈 거야."

그의 얼굴은 단정했지만 궁금증이 아직 가시지 않은 듯했다.

나에 대한 호기심으로 무장한 친구의 이름은 안드레아. 로마에서 차로 두 시간쯤 떨어진 마을에 산다며 사진을 보여주었다. 100년이 넘은 집에서 부모님과 함께 살고 있다던 그와 간간이 차를 마셔가며 대화를 이어갔다. 그는 여행 다니며 찍은 사진들을 그림으로 그리는 게 취미라고 했다. 갓 쉰을 넘겼고, 싱글이라고 밝힌 그에게 "당신 부모가 결혼에 대해 관대하냐"고 물었더니 씨익 웃으며 그렇다고, 그게 바로 자신이 나에게 다시 온 이유랬다. 안드레아의 부모는 그가 여행을 갈 때마다 부탁한단다. 이번엔 꼭 누구라도 데려오라고! 우린 이 부분에서 크게 웃었다. 놀랍게도 우리 엄마도 항상 내게 하는 말씀("그래 댕겨도 어디 한 놈 없더냐…?")이셨기 때문이다. 세상 부모는 다 똑같나보다. 그러다가 그가 재차 내 나이를 물었다.

"아까 육십이라고 했는데 정말인가요? 그래 보이지 않는데?"

내년에 육십이라고 말했더니 그가 왜 쉰아홉이라고 안 하냐고 말하더라. 정말이지 소리 내어 웃을 뻔했다. 쉰아홉이랑 육십은 겨우 한 살 차인데. 이 녀석, 내게 뭔가를 기대했구나? 외국에서 찻집에 앉아 있는 낯선 여자에게 기대를 하다니, 그저 바람이려니 생각하지. 웃음이 터질 듯해 내년에 환갑이라는 내 말에 실망한 그의 얼굴을 쳐다보기가 쉽지 않았다.

이야기는 계속해서 쭉쭉 늘어나기만 했고, 찻집 손님들은 하나둘 자리를 떠났다. "당신들이 마지막 손님"이라고 찻집 웨이터가 말할 때까지 우리는 계속해서 차를 나누었다. 아제르바이잔, 셰키, 구시가지, 중세시대의 건물 속 고요한 찻집에서 두근거리며 느꼈던 잠깐의 낭만이 좋았다. 떨어지지 않는 발걸음을 옮기는 그에게 감사한 마음을 담아 마지막 낭만을 선사해주었다.

"우리가 인연이면 어디서든 만나게 될 거야."

스스로 말하면서도 속으로 '꿈같은 소리를 하는군'이라 생각했지만 거짓말처럼 그래, 꿈처럼 그로부터 며칠 뒤 그를 다시 마주쳤다. 우리 사실은 운명이었던 것일까? 반가운 마음에 그에게 가까이 다가가려고 보니, 찻집에서 마주친 네 명의 일행 가운데 한 여자와 다정한 모습을 연출하고 있더라. 인사하려다 만 어정쩡한 자세로 있는데 그가 나를 발견하고는 손을 흔들었다. 나도 살짝 손을 흔들어주고 장소를 떠났다.

원래 두번째 만남은 첫 만남에 비해 흥미가 떨어진다더니… 바로 내 이야기였군, 흠. 아주 짧은 설렘이었다. 그 순간은 낭만적이었고 즐거웠으니, 이 역시 좋지 아니한가!

쨍쨍의

학교 여행

▶

　내 어릴 때 꿈은 어깨에 계급장이 번쩍번쩍 빛나는 여군 장교였다. 이유는 오로지 유니폼이 멋져서! 중고등학생 때는 기자를 꿈꾸며 대학은 무조건 '신문방송학과'를 가야겠다고 결심했었다. 하지만 훗날 되돌아보니 여장군도 아니고, 기자도 아닌 초등학교 선생님이 되어 울진군 후포리 동해가 훤히 보이는 곳에 있었다. 학교 가는 시간, 출근 시간은 늘 설레었다. 잠이 들면서도 날이 밝기를 기다렸다. 아침에 일어나 변기에 앉자마자 머릿속으로 오늘의 수업을 구상했다. 어떻게 하면 더 재미있게 아이들과 놀 수 있는지를 궁리하고 또 궁리했다.

　사실 어떤 아이들은 나를 무척 힘들어했다. 나의 창의적(이지만 한편으로는 제멋대로인) 수업을 잘 따라오지 못했기 때문이다. 이를테면, '오늘의 아침 자습: 운동장과 친구하기'. 교실 문을 열고 이 문구와 맞닥뜨렸다고 상상해보시라. 내가 반에 들어섰을 때, 창규는 교실에 홀로 책을 펼쳐놓은 채 어쩔 줄 몰라 하고 있었다.

"창규야, 니 와 자습 안 하고 교실에 있노?"

"쨍쨍, 저 자습 문제 넘 어려버요."

"운동장과 친구하기가 어렵다고? 얼렁 그 책 덮고 운동장에 가서 실컷 놀아라, 친구가 되려면 같이 놀아야지. 그게 자습이라카이!"

창규는 그제야 슬그머니 일어나 친구들이 있는 운동장으로 뛰어나갔다.

이후로도 즐거움을 늘리기 위해 새로운 방식을 계속 발굴해나갔다. 특히 교사 15년 차쯤에 알게 된 연극놀이를 한번 수업으로 재구성해본 것을 계기로 모든 수업을 놀이로 변모시켰다. 아니, 놀이가 수업이었나? 특별한 것은 아니다. 읽고 쓰기가 주인 방식에서 움직임이 주가 되면 모든 수업이 놀이가 되었다.

아이들은 이 연극놀이를 무척 좋아했다. 수업에 잘 따라오지 못하던 아이도 이 방식은 열심히 참여했다. 다들 얼마나 좋아했느냐면 "쨍쨍, 시간표에 왜 연극이 없어요?"라고 말할 정도였다. 연극놀이가 무척 즐거우니 국어, 수학, 과학 같은 교과과목처럼 시간표에 넣어달라는 아이들 나름의 압력이었다.

가끔은 연극 발표도 했었는데, 대본 없이 그저 모든 것이 즉흥으로 이루어졌다. 처음에는 적응을 못 하던 아이들도 회차를 거듭하며 차차 자유로운 상상력으로 한 편의 이야기를 완결해냈고, 작품을 하나 만들어냈다는 그 뿌듯한 감각에 기뻐했다.

나는 항상 학교에서 튀는 선생님이었다. 위에서 창규가 나를 '선생님'이라고 부르지 않고 '쨍쨍'이라고, 별다른 호칭 없이 부른 것과 같은 선상의 일이다. 교사 10년 차 무렵, 학급 문집 『닭닭과 똑똑』을 우리 아이들뿐 아니라 내 친구들에게도 보낸 적이 있다. 그때 문집을 받아본 친구 중 한 명이 "교사는 무릇 햇빛이어야 한다"라고 회답의 편지를 보내주었는데, 그때 무언가 퍼뜩 깨달음의 빛이 쏟아졌다. 그걸 보고 당장 아이들에게 말했다.

"야드라, 인자부터 내 이름은 '햇빛'이데이, 샘 말고 햇빛이라고 불러래이."

"햇빛이면 '쨍쨍'인데?"

"아 그래? 그럼 인자부터 나를 쨍쨍이라 불러도."

아이들의 사고는 생각보다 유연해서 '최순자 선생님'을 '쨍쨍'이라고 부르는 데 별 장애가 없었다. 하지만 몇몇 학부모님으로부터 항의 아닌 항의가 있었다.

"샘요, 우리 엄마 아빠가 선생님을 쨍쨍이라 부르면 버릇없다고 카든데예."

"아이다, 난 쨍쨍이라고 불러주면 기분이 좋아. 학교에선 쨍쨍이 엄마 아빠니까, 내 말 듣고 쨍쨍! 하고 불러다오."

이리하여, 옆 반 선생님도 앞 반 선생님도, 교장 선생님과 교감 선생님도, 이윽고 학부모님까지도 나를 "쨍쨍"이라고 부르게 되었다.

소풍날에도 여기저기서 "쨍쨍"이라 외치는 우리 반 아이들이랑 신나게 놀고 있는데 옆 반 학부모님께서 나에게 "아이들이 선생님을 무척 좋아하네요" 하시길래 말했다.

 "아니요, 아이들보다 제가 아이들을 더 좋아해요."

 자식이 없는 내게는 우리 반 아이들이 내 자식과 진배없었다. 그러니 사랑할 수밖에! 하지만 아이를 대하는 시선은 다른 어른들과 조금 달랐다. 아이를 아이로 보지 않고 사람으로 보았다. 아이들도 마찬가지였다. 우리는 서로를 교사 대 학생이 아니라 사람 대 사람으로 대했다. 그래서 우리는 서로에게 진실할 수 있었다. 나를 사람으로 봐준 나의 모든 아이들에게 감사할 따름이다.

 한번은 복도를 지나는데 어떤 선생님이 "샘은 머가 그리 좋아 맨날천날 웃고 댕기노?" 하셨다. 아이들하고는 정말 재밌게, 신나게 놀았는데 교사들하고는 어땠는가? 아이들과 격 없이 지내는 나 때문에 박탈감을 느낀다며 항의하는 동료 선생님이 계신가 하면, 입고 싶은 옷을 입고 출근하는 나 덕분에 묵혀둔 옷들을 입을 수 있게 되었다며 고마워하는 선생님들도 계셨다. 나의 연구 수업을 보시고 "쨍쨍을 청와대에 보내야 합니다"라며 극찬하신 선생님과 "쨍쨍 수업은 개판"이라고 써서 피드백해준 선생님이 공존했다. 한마디로 극과 극을 달리는 '학교 여행'이었다. 아이들은 사랑스럽고 학교 여행은 즐거웠지만 나의 오랜 꿈이었던 세계 여행에 대한 열망 또한 나날이 커져갔다.

20대의 어느 날 친구로부터 추천받아 소설을 한 권 읽었다. 소설의 배경은 인도였고, 나는 그 책을 덮으며 중얼거렸다.

　"인도 가고 싶다."

　책의 내용과 제목은 홀라당 잊어버렸지만 환상적인 감각만은 그 이후로도 생생했다. 막연히 인도를 향한 애정을 남몰래 키워나가다 우연히 잡지에 실린 인도 여행 모집 포스터를 발견했다. 무언가에 홀린 듯 신청했다. 누군가 그랬지. "떠나는 자만이 인도를 꿈꿀 수 있다"고! 가자, 인도로!

　1997년 1월 7일 자정. 인도 뭄바이공항에 발을 디딘 그 순간을 잊지 못한다. 절대 잊을 수 없다. 어둠 속에서 빛나던 인도 사람들. 대부분 부랑자들인지 공항 바닥에 아무렇게나 누워서 자고 있었지만… 어찌 잊으랴! 환상의 인도 여행을 다녀온 후로는 늘 사표를 품고 살았다. 그만큼 여행이 좋았다.

　이후로 인도만 여섯 번을 더 갔는데, 두번째 여행에서 만난 독일 친구가 현재 6개월간 여행 중이라고 말해 내게 큰 충격을 주었다. 여행을 6개월씩이나? 놀라서 자세히 물어보니 직장을 1년간 쉬고 있단다. 아하! 직장을 그만두면 길게 여행할 수 있구나! 나는 그 당시 매해 여름방학과 겨울방학, 두 차례는 꼭 여행을 떠났는데 아무리 길게 다녀와도 끝날 때쯤이면 늘 아쉬웠다. 여행지에서의 나는 늘 흥분에 가득차 주변을 감상했고, 들끓는 호기심으로 그곳 사람들과 이야기를 나눴다. 나의 열정과 호기심은 사그라들 줄을 모르는데 여행 기간은 턱없이 짧았다. 그렇다면… 그래그래, 긴 여행을 하려면 독일 친구들처럼 직장을 그만두면 된다!

하지만 사랑하는 아이들과 헤어지는 것이 쉽지는 않았다. 아이들은 나의 친구이자 가족, 나의 모든 것이었다고 해도 과언이 아니었으니 말이다. 아이들과의 헤어짐 때문에 고민하는 내게 옆 반 선생님이 한마디했다.

"쨍쨍, 아이들은 전 세계 어디에든 있어."

2009년 8월 31일, 나의 학교 '밖' 여행을 위해 26년 6개월간의 학교 여행에 마침표를 찍고 세상의 아이들, 친구들을 만나기 위해 길 위에 올랐다.

페루에서

스위스까지

　스위스 출신의 카타리나와 마크를 처음 만난 건 2007년 겨울방학 때였다. 그때 난생처음 남미에 발을 디뎠고, 콜롬비아를 거쳐 페루로 가는 것이 계획이었다. 페루에 간 목적은 오로지 '잉카 트레일'이었다. 잉카 트레일이란 페루에서 마추픽추까지 야영을 하며 걸어서 이동하는 여정을 말한다. 따로 예약하지 않고 갔더니 공석이 없는 바람에 일주일쯤 기다려 겨우 어느 팀에 합류할 수 있었다. 함께하게 된 팀원은 전부 열네 명이었다. 대다수가 아르헨티나 대학생들이었고 나머지는 스페인 사람 한 명과 나, 그리고 스위스 커플 카타리나와 마크였다. 내가 이 스위스 커플과 친해진 것은 아마도 언어 때문이 아닌가 싶다. 팀원들 대부분이 스페인어를 하는데 나 혼자 하지 못했으니까. 그래서 스페인어도 되고 영어도 되는 두 사람과 친해질 수밖에 없었다.

잉카 트레일 기간은 총 3박 4일, 체력을 요하는 일정을 함께하며 우린 아주 돈독한 우정을 쌓았다. 혼자 온 나에게 먼저 말을 건넨 것도 그들이었고, 먹을 것을 나눠준 것 또한 그들이었다. 마크의 유쾌한 농담은 산행이 힘들었던 내게 큰 힘이 되어주었다. 잉카 트레일이 끝나는 마지막날엔 쿠스코에 있는 '마마 아프리카'라는 디스코텍에서 밤새 춤을 추며 멋진 시간을 보냈다. 그렇게 반짝이는 추억을 가슴에 새기고, 서로의 연락처를 주고받은 뒤 산뜻하게 작별했다. 나는 한국으로, 그들은 스위스로!

우리는 종종 메일과 페이스북을 통해 서로의 안부를 물어가며 관계를 이어갔다. 그후로 난 세계 여행을 떠났고, 그리스와 이탈리아를 거쳐 스위스에 있는 지인의 집에 머물던 어느 날이었다. 스위스, 스위스에 누가 있더라? 순간 카타리나와 마크가 떠올랐다. 그래, 스위스엔 두 사람이 있었지! 그들에게 "나, 스위스에 있어"라는 무척 간단한 메시지를 날렸더니 당장 답이 왔다.

"순자, 어디야? 우리 만나야지!"

카타리나의 거침없는 답장에 고마움을 전하며, 우리는 취리히에서 3년 만에 재회했다.

병원에서 간호조무사로 일하는 카타리나 항상 날 '손야'◆라고

◆ 스위스는 독일어, 프랑스어, 이탈리아어와 로만슈어가 공용어인데, 독일어를 가장 많이 사용한다. 독일어에서는 'j'를 '이(y)'로 발음하기에 'soonja'를 '손야'로 발음하는 경우가 많다.

불렀다. "손야 아니고 순자"라고 고쳐주면 "오 쏘리, 순자!" 하고 엄청 큰 소리로 외쳤다. 3년 만의 재회에서도 마찬가지였다. 그녀를 어제 본 듯 편하게 대할 수 있었던 것은 아마도 이런 카타리나의 명랑함 때문이 아닐까? 어찌나 밝고 활기찬지… 카타리나는 한마디로 화통했다. 그녀의 짝인 마크는 축구를 좋아해 그의 방은 온통 축구 관련 사진과 기사들로 도배되어 있단다. 그걸로도 모자라 매주 수요일마다 축구클럽에 나간다는데, 이제 겨우 서른넷인 그가 클럽에서 노장에 속한다고 내게 하소연을 한다.

"마크, 겨우 서른네 살이 노장이면 쉰하나인 나는 뭐가 되니?"

내 말에 마크가 깔깔 웃는다.

저녁식사에 초대해준 덕분에 나는 그들이 사는 집으로 향했다. 두 사람은 11년간 동거하다가 올해 6월에 결혼식을 올렸다고 한다. 신혼집답게 거실 벽 여기저기에는 그들의 결혼사진이 걸려 있었다. 여기저기에 분홍이 눈에 많이 띈다. 카타리나도 나랑 같은 핑크홀릭인 모양이다. 제일 기억에 남는 것은 분홍색 캐딜락을 타고 있는 두 사람의 사진이었다. 저렇게 예쁜 차를 타고 신혼여행을 떠났냐고 묻자 결혼식장에 도착할 때만 잠시 탄 것이란다. 그러면 어때, 이토록 멋진 사진이 남았는데.

집 소개를 끝낸 두 사람은 요리를 시작했다. 육류 요리는 마크가 맡고, 샐러드는 카타리나가 맡았는데 함께 요리하는 모습이 참으로 아름답다. 내가 뭐라도 도울라치면 "순자, 넌 멀리서 왔잖아. 쉬고 있어"라며 나를 말렸다. 얼마나 고마운 친구들인가!

잠시 후 식탁엔 몇 가지 음식들이 놓이기 시작했다. 불가사리 모양의 무언가가 있길래, 이게 뭐지 하는 표정을 지었더니 스위스 전통 소시지란다. 맛있는 음식과 술, 그리고 우리들의 밀렸던 이야기가 식탁 위에 가득했다. 말문을 여니 우리는 순식간에 3년 전 페루로 돌아갔고 그 추억들을 복기하며 웃고 또 웃었다. 두 사람은 나의 여행 이야기를 몹시 궁금해했다.

"순자, 어디 어디 갔다 왔어? 어느 나라가 제일 좋았어? 친구들 많이 만났어?"

내 대답이 끝나기도 전에 이것저것을 묻고 또 묻더니 마침내 두 사람이 합창한다.

"순자, 네가 부러워! 우리도 마흔까지만 일하고 그다음에는 너처럼 세계 여행을 떠날 거야."

모두가 나만 보면 이런 말을 하니, 교사를 은퇴한 뒤로 직업을 가지지 않았다고 생각했는데 나도 모르는 새 '여행전도사'로 전업한 것은 아닌가 싶다.

음식을 거의 다 먹었을 때쯤 우리는 베란다로 장소를 옮겼다. 화장실 거울에 비친 내 얼굴을 보니 타오를 듯 붉다. 두 사람을 오랜만에 만난 것만으로 충분히 흥분했는데 술까지 마셔서 그런가보다. 두근두근하면서도 나른한 기분이 행복했다.

나와 이야기하느라 축구클럽 시간을 지나쳤던 마크는 아예 가는 걸 포기했는지, 이제 맘 편히 마실 수 있겠다며 나에게 무슨 술을 원하는지 물었다. "럼주를 마시고 싶어" 하면 럼주를 주고 "맥주" 하면 맥주를 주더니, 마지막에는 포도로 만든 브랜디 '그라파'가 나왔다. 한번 맛을 보니 크레타에서 자주 마신 튀르키예의 전통 술 '라크'가 떠올랐다.

나와 마크가 술을 한 잔 마실 때마다 카타리나는 기다렸다는 듯 선물을 하나씩 꺼내 보였다. 스위스 초콜릿, 스위스 축구팀 모자 그리고 그 유명한 스위스제 칼까지("아니, 아직까지 이 칼이 없었다고?") 나왔다. 갑자기 이렇게나 많은 선물을 한꺼번에 받으니 미안한 맘이 들었다.

"카타리나, 마크, 미안해. 난 챙겨온 것이 없네. 한국 돌아가면 멋진 선물을 꼭 보낼게!"

그들은 받아주는 것이 고맙다며 괜찮다고 손사래를 쳤다. 대화가 무르익자 카타리나가 나의 모자를 집어들었다.

"순자, 나 이 모자 써봐도 돼?"

카타리나가 가리킨 모자는 지난번 런던에서 구입한 모자인데, 언제나 사람들의 시선을 뺏는 화려한 디자인이다. 역시 카타리나도 좋아하는구나. 그녀가 모자를 쓰니 나보다 훨씬 잘 어울린다.

"카타리나, 멋지다!"

엄지손가락을 들어 보였다. 카타리나의 모습을 본 마크가 이번엔 자신이 써보겠단다. 남자인 마크가 써도 어찌나 멋지던지. 엄마가 아프리카 알제리 사람이라 그런지 마크의 얼굴은 까무잡잡한데, 보라색 모자도 퍽 잘 어울린다. 카타리나와 나는 여자 모자를 쓴 마크를 보고 웃음을 터뜨렸다. 우리는 그 채로 어깨동무를 하고는 기념 사진을 찍었다.

　이튿날 아침, 반가웠던 만남을 뒤로하고 다시 헤어지는 순간.
　"순자, 다음번에는 '우리 셋'이 너네 나라에 놀러 갈게."
　카타리나가 약간 부른 자신의 배를 쓰다듬으며 외쳤다. 언제든지! 카타리나, 언제든 웰컴 투 코리아! 다시 만날 그날도 분명 글로 남길 만큼 멋진 하루가 되겠지. 그 글의 제목은 분명 '스위스에서 한국까지'가 될 테다. 다시 만날 때까지 안녕!

안토니오는

스페인

사람일 뿐이야

▶

　인도에 홀딱 반해버려 한동안 내리 인도만 찾아갔지만, 2000년에
는 오랜 소원대로 유럽 여행을 가기로 했다. 그때의 첫 여행지는 반
드시 스페인으로 하자고 남몰래 정해두었고, 결심한 대로 인생 처음
발을 내디딘 유럽 대륙은 스페인이 되었다. 꿈을 이뤘다는 사실만으
로 스페인에서 머문 모든 시간이 너무 좋았다. 그러다가 어느 날부
터, 스페인을 멀리하게 되었다. '발길을 끊었다'라는 말이 더 맞으려
나. 이유는 있었다. 황당하다면 황당한 이유지만.

　사건은 마크와 카타리나를 만났던 2007년 겨울, 잉카 트레일에서
벌어졌다. 앞서 말했듯 잉카 트레일에서의 숙박은 대부분 야영이다.
2인용 텐트가 배부되었기에 나는 나처럼 혼자 프로그램을 신청한

스페인 사람과 같이 지내야 했다. 그렇게 나와 3박 4일간 함께 텐트 생활을 한 사람이 바로 오늘의 주인공, 안토니오다.

　그는 영어라고는 '헬로우' 한마디만 알았고, 나는 스페인어라고는 '올라' 한마디만 알았다. 그러다보니 우리는 온종일 걷다가 저녁을 먹고, 텐트로 돌아올 때까지 아무런 말도 나누지 않았고(정확히는 못 했고) 각자 침낭 속으로 들어갈 때에만 "올라, 안토니오!" "헬로우 순자!"를 내뱉으며 나흘을 보냈다. 나눈 대화는 인사 하나뿐이지만 함께 지내보니 안토니오가 여러모로 나를 배려하는 것이 느껴져 '이 친구, 좋은 사람이구나!'라고 생각했다.

　마지막날 밤, 트레킹을 끝낸 팀원들이 한데 모여 회의를 열었다. 수고한 스태프들에게 팁을 얼마큼 줄지 논의하는 자리였다. 요리와 짐 나르기, 청소 등등 스태프들은 참 많은 일을 해주었다. 물론 트레킹 비용에 포함된 서비스라고는 하지만, 별 탈 없이 일정을 무사히 마칠 수 있도록 업무를 성실하게 수행해준 이들이 고마웠다. 마크와 카타리나가 말했다.

　"나는 정말이지, 내가 주고 싶은 만큼 다 주려고."

　나 역시 그에 동의했다. 그런데 안토니오가 말했다.

　"팁? 그런 걸 왜 줘, 난 한 푼도 못 줘!"

　반론의 수준을 넘어 그는 꽤 화가 난 말투였다. 의외였다. 그는 트레킹 내내 페루 가이드와 제일 친하게 지냈고, 스태프들도 그에게 무척이나 친절히 대해주었다. 선의를 그렇게 주고받았는데, 팁을 안 준다니? '내가 고객이니 그들은 당연한 행동을 한 것이다', '내가 먼저 잘해달라고 부탁한 적 없어'라는 그의 태도가 무척 고까웠다. 팁 문화가 없는 나라에서 온 나조차 그들의 서비스에 감동받아 기꺼이 수고비를 챙겨주려 했거늘! '가만 보니 저거네 나라 스페인이 페루를 거의 300년 동안 착취했었지…' 하는 생각까지 홀로 되뇌며, 머릿속에서 '스페인 = 좀생이 안토니오의 나라'라는 공식이 세워져버렸다. 그 이후로 내 안에서 스페인에 다시 가고 싶다는 생각은 쏙 사라졌다. 가야 할 나라와 도시가 이토록 많은데, 굳이 한 번 갔던 스페인을 또? 내 다신 안 간다, 안 가. 그러고는 실제로 이후 10년 동안 스페인에 가지 않았다.

그런데 이번에 거의 50일간 산티아고 순례길을 걸으며 다시금 만난 스페인 사람들은 날마다 내게 감동을 안겨주었다. 마치 '너 왜 이제 왔니? 우리가 너를 얼마나 기다렸는데' 하듯이…. 산티아고 순례길을 걷는 동안 나의 어리바리함으로 몇 번이나 여정에 위기가 발생했는데 그때마다 누군가 나타나 나를 진창에서 꺼내주었다.

첫째로는, 순례길에서 한번 짐 배달 서비스를 이용해봤다가 주소를 잘못 적어 내 짐이 엉뚱한 곳으로 가버렸을 때였다. 눈물이 그렁그렁한 나를 숙소 매니저가 진정시키면서, 짐의 행방을 수소문해 되찾아주었다. 무차스 그라시아스(정말 고마워요)muchas gracias!

둘째로는, 부르고스 가까이에 있는 작은 마을의 축제에서였다. 축제가 한창이던 곳에서 맥주를 한잔하면서 잠시 동네 분들과 이야기를 나누었는데, 내가 순례길을 걷는다는 것을 알게 된 연주자들이 서로 뭐라 말하더니 모두 몸을 내 쪽으로 향했다. 그러고는 세상에,

나만을 위한 연주를 들려주는 게 아닌가? 종일 땡볕에 힘들게 걸었는데 연주를 듣는 내내 눈물이 터졌다. 무차스 그라시아스!

셋째가 최고의 감동이다. 사리아의 어느 마을을 지나는 도중 한 골목을 돌아서는데, 멜빵바지를 입은 할아버지가 내 앞에 갑자기 나타났다. 그러면서 내게 꽃을 내미는 게 아닌가? 당시 내 머리에는 늘 꽃핀이 꽂혀 있었기에 아마 이것을 보고 주신 듯하다. 내 나라에선 머리에 꽃 달았다고 미친년 취급을 받는데… 이곳에서는 꽃을 선물로 받았다!

날마다 적어도 한 명의 천사를 만나는 곳이 산티아고 순례길이었다. 못 만났다면 당신이 천사가 되면 그만인 곳이다. 좀생이는커녕 모두가 천사뿐인 스페인이었다. 맞다, 안토니오는 그저 안토니오일 뿐인데 그가 어떻게 스페인 전체를 대변할 수 있겠어. 내가 한국이 아니듯 안토니오는 그저 안토니오인데… 좀생이는 안토니오가 아니라 나였을지도 모르겠다.

내가

진상이라니

인도네시아에서 발리가 최고인 줄 알고 발리만 줄곧 오가다 최근 길리아이르섬을 알게 되었다. 가보니 천국이 따로 없어 그곳에서 한참을 지냈을 때였다. 내 여행 친구 경아가 남편과 함께 인도네시아를 여행 중이라는 것이 내 레이더망에 잡혔다.

"어, 경아! 어데고?"

남편과 함께 이곳에 두 달 일정으로 왔다는 경아는 무계획 여행자인 나와 달리 계획쟁이 여행자다. 내 여행 스타일을 아는 경아가 내게 어디어디를 볼지 알려주었다. 같은 나라를 여행하고 있으니 어딘가에서 만날 궁리를 하는데, 경아 부부는 곧 롬복섬의 세나루로 이동할 예정이란다. 롬복은 길리아이르의 바로 옆이다. '나도 함 가볼까?' 하는 생각이 들었다면 바로 행동으로 옮기는 것이 내 장점이다.

그렇게 나는 또 아무런 정보도 없이 무작정 롬복섬 세나루에 도착하게 되었다. 숙소에는 온통 '린자니 트레킹'을 하러 온 사람들로 가득했고, 숙소 또한 트레커에 한해 숙박료가 무료라고 했다. 이것 참, 안 하면 안 되겠네. 바다는 볼 만큼 봤으니 산으로 가보기로 했다. 그렇게 '린자니'가 정확히 무엇인지도 모르면서 생각지도 않았던 2박 3일 린자니 트레킹이 감행되었다.

트레킹을 할 때는 그룹 트레킹과 개인 트레킹으로 나뉘는데, 혼자가 익숙한 나는 후자를 선택했다. 이윽고 '쨍쨍 트레킹' 팀이 꾸려졌다. 요리사, 포터 그리고 가이드 두 명, 총 네 사람의 스태프와 오전 10시부터 트레킹이 시작되었다. 린자니는 알고 보니 인도네시아에서 두번째로 높은 산이었다. 아, 어찌나 아름답던지! 이래서 인도네시아 전역에서 다 오는구나, 혼자 감탄하며 걸었다. 날씨도 좋고 평지에 가까운 쉬운 길뿐이라 자신만만한 출발이었다. 나는 히말라야 5,416미터 등반 코스도 갔다 온 사람이다, 이 말이야!

두 시간 가까이 걷고 점심을 해결한 후 드디어 가파른 길이 나오기 시작했다. 그런데… 끝도 없이 계속 올라가기만 한다. 고마하자, 다시 내려가자 그냥….

"가이드님, 저 너어무 힘든데요."

"마담, 지금 잘 오르고 있습니다."

내가 두번째 게스트라던 초보 가이드가 날 칭찬해준다. 이번 스태프 가운데 가이드 두 사람은 서로 삼촌과 조카 관계였다. 초보인 조카를 위해 삼촌이 함께 동행하는 듯했다. 병아리 같은 가이드가 잘한다고 하니 멋진 모습을 더 보여주고 싶어졌다. 50대의 저력을 뽐내야지. 게다가 '쓰레빠' 신고 어깨에 무거운 짐을 지고 가는 저 포터들도 묵묵히 산을 오르고 있는데, 좋은 등산화를 신고 짐 하나 없는 내가 힘들다고 징징댈 수 없는 노릇이었다.

트레킹을 시작한 지 일고여덟 시간이 지났을 무렵, 첫날의 야영 포인트에 도착하니 마침 해넘이가 시작되고 있었다. 석양은 어디서 봐도 아름답지만, 시야에 무엇 하나 걸리는 것 없는 깨끗한 자연에서 보면 그 아름다움이 배가된다. 산속이라고 바람이 몹시 찼지만, 그럼에도 눈부신 이 아름다움을 어찌 표현하랴. 밤이 되니 하늘에는 별이 정말 쏟아질 듯 많았다. 있는 옷, 빌린 옷 모두모두 껴입고 아름다운 린자니산에 취해 잠들었다.

"마담, 일어나시오!"

다음 날, 새벽 3시가 채 되지 않았는데 가이드가 나를 깨운다. 텐트 밖은 어제보다 몇 도는 더 낮아 보였다. 둘째 날은 새벽부터 다음 포인트 정상을 향해 걸어서 일출을 보기로 했다. 사실 일출에 별로 관심이 없는데, 사람들이 하도 린자니 일출이 멋지다고 해서 반쯤은 강제로 끼운 일정이었다. 정상으로 가는 길은 고난의 연속이었다. 넘어지고, 미끄러지고, 넘어지고, 넘어지고, 미끄러지고…! 많이는 아니지만 그래도 트레킹 좀 해봤지 싶은데, 이렇게 험난한 길은 진정 처음이었다. 화산이라 그런지 길 위에 잔뜩 흩뿌려져 있는 자갈들이 한 걸음도 쉽게 오르는 것을 허락지 않았다. 하도 많이 미끄러져서 눈물이 찔끔 나왔고, 그때마다 가이드가 나를 일으켜 세웠다. 온 정성으로 날 도와주었는데도 나는 결국 성을 내고 말았다.

"제발 내려갑시다! 나는 정상에 관심 없단 말입니다!"

'진상', 못생기거나 못나고 꼴불견이라 할 수 있는 행위나 그런 행위를 하는 사람. 아, 이것이 '진상 쨍쨍'의 시작인가?

결국 정상까지 단 10분을 남겨놓고, 다음 포인트로 이동하기로 결정했다. 한 걸음 올랐다 싶으면 서너 걸음 미끄러지며 올라왔으니 포기하는 것이 살짝 아깝긴 했지만 끝내 미련 없이 하산을 시작했다. 그런데 설상가상, 내려오는 것은 더 어려웠다. 이럴 거면 그냥 엉덩이로 내려가게 해달라고 애원할 정도로 한 걸음 내디딜 때마다 주르륵 미끄러지고, 또 미끄러졌다. 킬리만자로를 올랐을 때도, 안나푸르나를 올랐을 때도, 마추픽추를 올랐을 때도 이렇진 않았는데 겨우 3,500미터짜리에서 이게 무슨 일이고. 그야말로 눈물콧물 짜면서 내려왔다. 린자니를 얕본 대가였다.

다음 야영 포인트로 향하는 중간에 아침밥도 먹고 잠깐 쉬었으니 괜찮을 줄 알았건만 전혀 아니었다. 이번엔 돌이 문제였다. 간밤에 내린 비로 돌들이 미끄러워져 있었다. 이대로 린자니산의 화석이 될 것이 아니라면 어떻게든 걸어야 했다. 이를 악물고 두 시간을 걸으니 비로소 호수가 보였다. 호수 근처에는 놀랍게도 온천수가 나오는 스폿이 있었다. 가이드는 여기서 잠시 온천을 즐기면 된다고 말했다. 감사합니다, 가이드님! 24시간 내내 담배를 피워대는 탓에 살짝 짜증이 났었지만(물론 나도 흡연자지만 인도네시아 남자들은 극한의 중독자들이다) 다 용서가 되었다.

꿀 같은 점심을 즐긴 뒤 내가 사랑해 마지않는 온천으로 다이빙했다. 천국이 따로 없네… 너무 좋아서 나오고 싶지 않았다. 트레킹이고 뭐고 그저 온천물에 종일 머물고 싶었다. 온천을 하며 주위를 둘러보니 호수에서 낚시하는 사람들이 제법 많았다. 인도네시아도 여름휴가 기간이라 많이들 린자니산을 찾아온 모양이다. 낚시를 즐기는 모습이 참으로 여유로워 보였다.

호수와 온천까진 정말 좋았다. 새벽에 이미 세 시간, 아침식사 후세 시간 그리고 점심식사 후 두 시간, 도합 여덟 시간쯤 걷고 나니드디어 다리가 한계점에 도달했다. 길바닥에 털썩 주저앉자 가이드가 다가왔다.

"도저히 갈 수가 없어요. 다리가 너무 아파요."

"아뇨, 마담! 어제는 너무 잘 걷던데… 지금까지도 잘 걷던데요!"

"못 가요… 이렇게 무리한 일정이 어딨어요?"

(이 일정들은 계획표에 다 나와 있었고 나는 동의하며 서명까지 했다.)

"마담, 이미 요리사와 포터, 다른 가이드가 저녁 캠프에서 우릴 기다리고 있어요. 다시 한번 힘내요."

"그 캠프까지 두 시간을 더 걸어야 하잖아요, 저 못 가요!"

진상 쨍쨍의 완전한 등장이다. 초보 가이드는 당황하며 알겠다고, 여기서 기다리면 다른 스태프를 데리고 오겠다고 말했다. '그럼 저 사람, 왕복 네 시간을 달려야 하는데…'라고 생각하던 찰나 가이드는 이미 저만치 달려가고 있었다.

가이드가 떠나고 나 혼자 덩그러니 길 한가운데에 앉아 돌아올 스태프들을 기다렸다. 그런데 시간이 갈수록, 어둠이 밀려올수록 회한도 밀려오기 시작했다. 어둠이 짙어가는 산길에는 사람이라곤 보이지 않았다. 저 어둠 속에서 그 무거운 짐을 들고 스태프들이 내려온다고 생각하니 울컥 눈물이 났다. 힘들면 쉬엄쉬엄 가자고 말하면 될 것을, 도대체 내가 무슨 짓을 한 걸까?

그때 산등성에서 움직임이 보였다. 자리에서 벌떡 일어나 외쳤다.

"나, 갈 수 있어요! 내가 갈 테니까 더 내려오지 말고 거기서 기다려요! 미안해요…!"

부끄러움의 눈물과 함께 소리를 지르는 사이 내 앞에 이미 세 사람이 서 있었다. 포터와 초보 가이드, 베테랑 가이드였다. 그들에게 너무 미안하다고 사과하려는데 베테랑 가이드가 상황을 설명했다. 그의 말에 따르면 다음 포인트 정상에 이미 텐트를 다 쳐놓았고, 저녁 요리도 끝냈을뿐더러 중간 지점에는 사람들이 가득해서 도저히 텐트를 새로 칠 공간이 없단다. 그러니 무조건 내가 정상까지 가야 한다는 거였다.

"마담, 다리가 아파서 걸을 수 없다고 했지요? 여기 타세요."

그들을 기다리는 동안 반성하고 회개하며, 뭐든지 받아들일 각오가 되어 있었기에 고개를 끄덕였다. 그런데, 여기 타라니? 고개를 갸우뚱하자 베테랑 가이드가 자기 앞가슴에 있는 보자기를 가리켰다. 그 보자기에 내가 타면, 나를 안고 저 높은 산을 오르겠단다. 다만 혼자서 두 시간을 내리 갈 수는 없으니 두 명이 번갈아가면서 나를 태울 것이라 덧붙였다.

"아니, 아니… 그럴 수는 없어요. 저 괜찮아요. 걸을 수 있어요."

"마담, 나는 당신과 같은 컨디션의 사람들을 몇 번이나 만난 적이 있어요. 그러니 아무 걱정 말고 타십시오."

이제는 내가 애원할 차례였다. 나 때문에 네 시간 거리를 왕복했는데, 포대기에 안겨 이동하면 내 자신이 정말 한심해질 것 같았다. 정말 괜찮다고, 쉬는 동안 아픈 다리도 다 나았으니 걸을 수 있다고… 애걸복걸하고 나서야 그들은 내가 스스로 걸어서 이동하는 것에 동의했다. 하지만 한마디를 잊지 않았다.

"마담, 힘들면 언제든지 말해주세요."

진상이라는 건 나와 거리가 먼 존재인 줄 알았는데 그 주인공이 나라니! 컴컴한 산길을 걸으며 생각이 깊어졌다.

"자야, 철 좀 들자."

린자니산이 나에게 건넨 말이다.

또

따라간다

아, 드디어 우즈베키스탄에 왔다. 이곳에 온 이유를 굳이 대자면 조지아에서 만난 어느 여행자 때문이다. 나만큼이나 여행을 좋아한다는 그녀는 내 여행 사진을 주욱 보더니 "순자, 왜 우즈베키스탄을 아직 가지 않은 거야?"라고 물었다. 세계를 돌아다니며 50개국 이상 여행했다면서 우즈베키스탄을 단 한 번도 가보지 않은 나를 아주 의아해했다. 얼마나 아름다운데 거길 안 가냐며 그녀는 사진까지 보여주면서 꼭 가보길 당부했다. 거 참, 나랑 비슷한 사람이 또 있네. 나도 꽂힌 곳이 있으면 누군가에게 강요하나 싶을 정도로 추천하곤 했는데, 그녀도 나랑 비슷한 과였다. 그래요, 의견 접수. 우즈베키스탄에 언젠가 가겠습니다!

그리고 2018년 10월, 드디어 그녀가 감탄해 마지않던, 그녀의 말마따나 세계에서 가장 아름다운 곳 우즈베키스탄에 왔다.

    우즈베키스탄 부하라에 머물 때였다. 오전에는 600년 된 하맘에서 사우나를 즐기고, 저녁 무렵에는 보는 것만으로도 황홀해서 날마다 찾아갔던 거대한 문화유산인 칼란 미나레트 앞을 서성거렸다. 이 멋진 첨탑을 두고 내일이면 부하라를 떠나는 것이 아쉬워 하염없이 탑을 바라보다, 다니엘을 만났다. 그는 미나레트 앞에 삼각대를 놓고 이리저리 사진을 찍고 있었는데 복장이 심상찮았다. 옷과 부츠에는 먼지가 한가득이었다. 한마디로 야생 그 자체인 남자.

"오, 당신 바이크족이군요. 멋지네."

"당신도 멋지네요."

    그게 우리의 첫 대화였다. 이어진 그의 질문은 여행자에게는 무척 중요한 말인 "내일 어디로 갑니까?"였다. 오호라, 우리 둘 다 내일 히바로 가는 일정이었다. 히바는 우즈베키스탄 여행자라면 반드시 들르는 곳이다. 다니엘은 내게 어떻게 갈 것인지 물었다. 보통이면 기차로 가겠지만, 즉흥의 여왕인 나는 미리 예매를 하지 않았기에 아마도 택시를 탈 것 같다고 말했다. 그는 그 지루한 걸 어떻게 타느냐고 대꾸했다. 택시가 지루하다니 생각해본 적 없는 발상이지만, 부하라에서 히바까지 500킬로미터니 지루하긴 하겠다. 하지만 기차표가 매진이니 어쩔 수 없지 않겠나.

    "그런가? 일곱 시간 이상 걸리니 지루하겠네. 근데 택시를 안 타면 뭐, 당신 모터바이크라도 타고 갈까?"

농담을 던졌더니 세상에 이 남자, 당장에 타라고 말했다! 그리하여 나는 부하라에서 히바까지 장장 500킬로미터를, 생전 처음 만난 남자의 모터바이크를 타고 달리게 된 것이다! 자, 그럼 다니엘과 함께 부하라에서 히바까지 달려보시려우?

다음 날 아침 10시에 다시 만난 다니엘은 일단 내 복장부터 살폈다. 그는 상하의가 모두 가죽옷으로 정석적인 바이크 복장을 하고 있었지만, 내게 그런 게 있을 리 만무했다. 5,000원짜리 레깅스에 티셔츠 하나 입은 게 전부인지라 그가 내게 바람막이를 하나 주었다. 헬멧은 없냐고 물으니 이 나라에서는 쓰지 않아도 아무런 문제가 되지 않는단다. 500킬로미터를 달리는데 헬멧을 안 써도 된다니. 불쑥 불안해져 그의 모터바이크 경력을 캐물었더니 무려 열여섯 살 때부터 바이크를 탔단다. 물론 싱글이고. 그는 모터바이크랑 결혼한 남자였던 것이다.

"순자, 가다가 사진 찍고 싶은 풍경이 나오면 언제든 '스톱'을 날려요. 내가 세울게."

이 남자, 왜 이렇게 멋진가. 그는 불안해하는 나를 위해 최대한 안전하게, 천천히 달렸다. 솔직히 승차감을 걱정했는데, 이렇게 편할 수가 없다. 어찌나 운전을 잘하는지 불편함이라곤 전혀 없었다. 오히려 미나레트를 볼 때만큼 황홀한 경험이었다. 우즈베키스탄의 광활한 도로를 멋진 남자와 씽씽 달린다니 상상이 되시는지! 나는 그저 그의 등에 달라붙어 우즈베키스탄 풍경을 맘껏 감탄하고 즐기기만 하면 되었다.

　이렇게 편안한 서비스를 공짜로 받을 수는 없지 않은가? 점심 먹을 시간대에 내가 맛있는 거 쏘겠으니 레스토랑 앞에 세우라고 미리 말을 해두었는데, 이 남자가 레스토랑에 들어가는 대신 날 데리고 어디 한적한 곳으로 가더니 앉으란다. 그러고는 배낭에서 뭔가를 주섬주섬 꺼내기 시작했다. 채소 몇 개와 빵 그리고 치즈가 나왔다. 갑자기 도로 한구석에서 캠핑이 시작됐다. 도마도 따로 필요 없었다. 손 위에서 슥 썰고는 뚝딱 샌드위치를 만들어냈다. 두번째로 외친다. 이 남자, 왜 이렇게 멋진가.

　점심을 해치우고 우리는 또다시 도로를 달려나갔다. 이제 완전히 모터바이크 뒷자리에 익숙해졌다. 이대로 몇 시간을 더 갔을까. 날이 어둑해졌는데 갑자기 다니엘의 바이크가 고속도로에서 빠져나와 좁은 길로 들어섰다. 어디로 가는 거지? 별말이 없는 다니엘에 두려움이 엄습했다. 내가 미쳤지, 어떻게 겁도 없이 낯선 남정네 바이크에 올라탔을까…. 한차례 회한이 밀려왔고, 이윽고 사람 하나 없는 도로에서 이 남자가 돌변할 경우의 대처법을 생각하기에 이르렀다. 뛰어내릴까? 내려서 살려달라고 애원할까? 오만 나쁜 상상을 해가며 가히 소설 한 편을 다 써갈 즈음 다니엘이 어느 지점에서 멈춰섰다. 정신을 바짝 차리고 주변을 둘러보니 사막 비슷한 곳이다. 아, 이거 도망도 쉽지 않겠네.

　여기서 잠깐, 내 여행 스타일을 일컫는 문장이 하나 있다. "순자, 니 또 따라가나?"다. 아무나 잘 믿고, 잘 알지도 못하면서 따라가거나 반대로 낯선 사람을 집으로 초대하는 경우가 흔하기에 나의 여행기를 읽고 들은 사람들이 붙여준 별명이다. 미국 시애틀에서도 한국인이라는 것 하나만 믿고, 할리데이비슨을 한번 타보고 싶어서 무턱대고 따라간 적이 있다. 맞다, 이번에도 또 따라간 것이다. 처음 만난 사람을, 대화를 채 30분도 하지 않은 이 모터바이크 맨을….

　그 당시에는 이런 우스갯소리를 떠올리지도 못했다. 사막에 내린 그가 앞장서서 걸으며 따라오라고 말했다. 나는 이 소설의 결말이 어찌 될까 생각하기 바빴다. 뛰어봤자 금방 잡힐 것 같아 두리번거리고 있는데 그가 모래 위로 손전등을 비추었다.

　"순자, 여길 봐봐."

　"이게… 뭔데?"

　"여우 길이야."

　그는 나에게 사막여우가 다니는 길을 보여주려 했던 것이다. 나는 그것도 모르고 이미 머릿속에서 이 남자를 나쁜 사람으로 만들며 별 나쁜 상상이나 했다.

　"쏘리… 다니엘, 아이 엠 쏘 쏘리."

　'와우'가 아니라 '쏘리'가 감탄사처럼 쏟아졌다. 영문을 모르는 그는 왜냐고 물었고, 나는 "아니, 아니야. 아무것도 아니야. 사막이 아름답고 네가 너무 고마워서!"라고 둘러대며 놀란 가슴을 쓸어내렸다. 그를 따라 생애 첫 사막여우의 길을 구경하고 잠시 휴식을 취했다. 그리고 다시 떠날 채비를 하는 그에게 물었다.

　"다니엘… 몇 살이신지?"

다니엘은 뜬금없이 뭐냐는 표정을 짓고는 답했다.

"마흔네 살이야."

"그럼 난 몇 살로 보이니?"

"그건 왜?"

그는 또 영문을 모르겠다는 표정을 지었다.

"나 쉰여덟이야."

"쉰여덟? 그렇게 보이지 않는데…" 하길래 나는 내 엉덩이를 가리키며 말했다.

"그렇게 보이든 아니든 난 쉰여덟이야. 나이든 난 지금 몹시 힘들거든? 엉덩이가 너무 아파서 더이상 탈 수가 없다…."

그랬다. 다니엘이 모터바이크를 무척 안전하게 몰아서 편안한 것은 맞지만, 이 허접하고 얇아빠진 레깅스를 입고 몇 시간을 앉아 있었더니 엉덩이에 불이 나려고 했다. 고통스러운 표정을 지으며 하소연했더니 그가 어떻게 하고 싶으냐고 물었다.

"도로에 나가서 택시 좀 잡아줄 수 있겠니…?"

"그래."

그는 설득은커녕 무엇 하나 묻지 않고 그저 내가 원하는 대로 해주겠단다. 그래서 택시를 잡을 만한 가까운 도로까지 태워주기로 얘기를 마쳤는데, 다니엘이 멈칫하더니 말했다.

"순자, 그런데 100킬로미터만 더 가면 히바야."

"어라, 그래? 그것밖에 안 남았다고?"

여정의 반 이상을 넘게 왔는데, 고작 100킬로미터에 완주 기록을 날릴 수는 없지! 나는 결국 다시 다니엘과 함께 히바까지 달리기로 했다. 중간에 사막에서 쉬기도 했고, 기분이 좋아지니 엉덩이도 더 이상 아프지 않았다. 조금밖에 남지 않은 이 거리를 끝까지 달리고 싶었다. 아, 한없이 가벼운 나란 인간.

그렇게 히바에 도착한 우리는 내가 예약한 숙소로 향했다. 그는 한사코 대가를 거절하려 들었지만 히바까지 태워준 고마움을 표현해야 했다. 그래서 그의 히바 숙소값을 내주었다. 물론 저녁도 쐈다. 피로가 화악 풀리는 술 한잔으로 우리의 안전한 도착을 축하하면서.

"어디 여행하고 있어^{Where are you?}"

요즘도 우리는 서로의 SNS를 보면서, 어디를 여행 중인지 확인하는 사이다. 그는 어느 길이든 쌩쌩 달리니 언젠간 또다른 길 위에서 나, 쨍쨍을 만날 수 있겠지.

그럼 난 또 냉큼 그의 모터바이크에 올라타리라. 달려, 나의 모터바이크 맨!

날씨가

여행에 미치는

영향

10월 중순쯤에는 겨울 여행지를 고민한다. 동쪽 제주의 겨울은 춥고 일조량이 적어서 추위를 견디기 힘들기 때문에 나는 매해 겨울이 되면 따뜻한 나라로 피신한다. 이번 여행지를 남미로 택한 이유 역시 날씨 때문이었다.

첫 도착지인 부에노스아이레스는 종종 비가 내리긴 했지만 그런대로 온화한 날씨였다. 1월인데도 기온이 우리나라 초가을 같았다. 근교인 마르델플라타에서는 아홉 살 친구들이랑 해변요가를 할 수 있었고, 우루과이에서는 강에서 수영까지 했다. 여기까진 내가 원하던 따뜻한 날씨 그 자체였다.

평소처럼 이 넓은 남미를 아무런 계획도 일정도 없이 다니던 어느 날, 우루과이에서 만난 일본 친구들이 아르헨티나의 최남단에 자리한 우수아이아에 간다고 하더라. 그래서 우수아이아를 잠시 검색해보았다. 우와! 뭐야, 미친 경치잖아! 감탄이 나오는 풍경에 날씨가 어떤지 하나도 모르면서 용감하게 무작정 그들을 따라갔다.

우수아이아에 도착한 첫날. 햇빛이 환하게 비치길래 얇은 옷을 입고 외출했다가 채 5분도 되지 않아 얼어죽을 뻔했고, 후다닥 숙소로 돌아가 옷을 껴입고 다시 나왔더니 이번에는 거센 바람 때문에 날아갈 뻔했다. 오늘만 유독 추운 것이겠지, 현실을 회피하고 다음 날 아침 산책을 가보니… 사람들의 옷차림이 두툼한 것이 완연한 겨울이었다. 나만 여전히 늦여름과 초가을 어딘가에 살고 있는 탓에 덜덜 떨고 있었다. 결국 외투를 사 입어야 했고 급기야 목이 긴 두꺼운 양말까지 샀다. 양말이라니, 이 도시에 오기 전까지 강에서 비키니 입고 수영했는데 말이다. 12월부터 3월까지가 남미의 여름 아니었던가. 혹독한 제주의 겨울을 피해서 여기까지 왔는데!

나름 60여 개국 100여 개 이상의 도시를 여행했건만 우수아이아에 며칠 있어보면서 이래 웃기는 날씨 조합은 또 처음이다. 아침에 하늘이 쨍쨍하니 맑아서 국립공원으로 트레킹을 나섰는데 10여 분쯤 걸으니 비가 내리고 바람까지 몰아쳤다. 어, 하는 순간 뭐가 떨어지길래 손바닥을 펼쳐보니 우박이었다! 그만 돌아가야 하나 고민하는데, 저어기 현지인 같은 사람이 보여서 인사하며 말을 걸었다.

"이 날씨에 저 산까지 트레킹 갈 수 있을까? 보통 비 언제 그쳐?"

덜덜 떨며 심각한 얼굴로 물었더니 돌아오는 대답이 이렇다.

"뭘 걱정해, 금방 그칠걸? 그리고 우리 동네는 비 오지 않는 날이 드물어. 걱정 말고 가."

맞다, 이곳 사람들은 대체로 이렇게 답했지. 우수아이아공항에 내린 첫날 날씨도 기가 막혔다. 공항 밖으로 나오니 강한 비바람이 나를 반겼다. 그런데 하늘을 올려다보니 햇빛은 반짝반짝하더라. 혼란스러워하며 숙소로 가기 위해 공항 택시를 탔다.

"기사님, 비가 오는군요. 우산가게 앞에 잠시만 내려주실래요?"

"우산가게? 노노노, 거기 갈 필요 없어요. 곧 그쳐요."

"그럼 우비라도….”

그러자 기사님이 말씀하시길, 이곳에서는 우산도 우비도 필요 없다고 했다. 며칠 지내다보니 택시 기사의 말이 맞았다. 아르헨티나의 땅끝 마을 우수아이아의 하루에는 사계절이 다 있다… 가 아니라 한 시간에 사계절이 다 있더라. 햇빛에 땀 흘리게 만들다가도 곧장 바람으로 말려주고, 비로 덜덜 떨게 만든다. 이곳에 도착하기 전까지 '환장의 날씨' 1등은 아일랜드였지만 이제는 우수아이아가 그 자리를 차지하게 되었다. 그런데 아뿔싸, 더 극적인 날씨를 자랑하는 곳이 있었으니….

우수아이아 날씨에 적응이 좀 되려는 찰나, 메시지가 도착했다.

"엘 칼라파테가 우수아이아보다 열 배는 더 좋아요. 풍경도, 날씨도요!"

우수아이아에서 만나 잠시 함께 여행했던 친구가 저런 메시지를 보내왔다. 귀가 얇은 나는 잠시의 주저도 없이 또다시 그곳이 어떠한지 모르고 외쳤다.

"렛츠 고우, 투 엘 칼라파테!"

간단히 결정했지만 실은 자동차로 열 시간이 넘고, 비행기로도 한 시간이 걸리는 거리다. 그래도 날씨 좋다는 말 한마디에 산 넘고 물 건너 도착했거늘, 여기도 춥기는 매한가지였다. 속았네, 속았어…. 덜덜 떨며 자정이 다 되어 도착한 엘 칼라파테에서 첫끼로 생맥주와 뜨끈한 호박수프를 흡입하면서 나의 경솔함에 치를 떨었다.

이곳에 온 이상 어쩔 수 없다. 로마에 왔으니 로마법을 따라야지. 다음 날은 시내를 구경하고, 이튿날에는 아르헨티나에서 가장 유명한 트레킹 성지인 엘 찰텐으로 향했다. 피츠로이산이 오늘의 목적지다. 한동안 내리쬐는 햇빛에 속아 옷 선택에 실패했으니, 오늘은 든든히 옷을 챙겨 입었다. 느지막한 오전에 트레킹을 시작했더니 초반에는 약간 덥기까지 했지만 또 속을쏘냐. 얼굴을 때리는 바람이 심상치 않아서 웃옷을 꼭 붙잡았고, 아니나 다를까 몇 시간 오르다 보니 슬슬 기온이 내려가기 시작했다. 여벌옷을 안 챙겼으면 어쩔 뻔했나! 다만 바람이 계속해서 거세지는 탓에 결국 중간에 발길을 돌려야 했다. 하산 길에는 너무 추워 입마개까지 하는 지경에 이르렀다.

"바람아 고마 좀 불어라. 내 날리가겠다!"

산에서 내려오는 내내 한바탕 난리통이었지만, 따뜻한 실내에서 바라보는 바깥 풍경은 평화롭기만 하다. 뭐든 그 속에 들어가봐야

안다는 말이 진짜구만. 바람의 도시, 엘 찰텐은 실제로 작고 아름다운 마을이다. 한 달 살기를 살짝 꿈꾸어봤지만… 강한 바람 때문에 도저히 이 도시를 오래 사랑하기엔 역부족이다.

제주의 추위와 바람을 피해 도망쳐온 남미는 생각보다 그리 따스한 나라는 아니었다. 인간이 자연으로부터 도망친다는 발상부터가 잘못이었는지도 모르지. 하지만 이가 딱딱 부딪히는 날씨를 지나보내야 다시 찾아오는 '쨍쨍'한 날씨가 귀한 법이다. 나는 알고 있다. 저 '미친 바람'이 잠시 후면 온순한 아기처럼 변하리라는 것을, 그리고 또 언젠가 저 바람이 미친 듯이 그리워지리라는 것을! 내 오랜 여행 경험은 나를 미친 바람마저 사랑하게 만들었구나. 아디오스, 파타고니아 엘 찰텐!

우유니에

도착했나요?

"순자야 우유니 꼭 가래이, 최고데이."

남미를 세 번 다녀왔다니까 당연히 대표 관광지인 우유니소금사막을 갔다 온 줄 아는 이들이 있다. "난 우유니사막 가본 적 없는데?"라고 말하면 "거길 안 갔다고?"라는 답이 돌아온다. 내 취향이 아니라서 그렇다고 간단하게 응대해왔지만, 사실 '남미'를 검색해보면 우유니소금사막 정보와 사진이 제일 많이 검색되는 것도 사실이다. 하지만 남미 여행의 백미라 불리는 우유니소금사막의 사진들은 전부 비슷비슷했다. '저 사진을 찍으러 저길 가나, 인증샷 찍으러 저 멀리까지 굳이?'라는 마음으로 가지 않았는데, 남미로 떠나기 전 최근에 남미를 다녀온 친구를 만났다. 소금사막을 꼭 가야 하냐는 나의 질문에 그녀가 저렇게 말했다. 꼭 가보라고, 최고라고! 힘든 여행은 딱 질색이라는 그녀가 저래 말하면 함 가주는 게 맞다. 그러니 한 번 가볼까, 살라르 데 우유니!

우유니를 가는 방법은 여러 가지가 있는데 나는 칠레 칼라마에서 며칠을 보낸 뒤 버스를 타고 가기로 했다. 우유니 버스정류장에 내린 순간, 거리 풍경이 인도와 비슷한 느낌이 나서 놀랐다. 다른 점이 있다면 우유니가 조금 더 깨끗하달까?

우유니에서 제일 주의해야 할 것은 바로 고산증이다. 앞서 우유니를 다녀간 친한 여행자는 나흘간 이곳에 머물렀지만 고산증 때문에 허무하게 누워만 있다가 돌아갔다며, 내게 고산증을 조심하라고 신신당부했다. 나는 이미 히말라야를 비롯한 몇 번의 트레킹을 통해 고산증 예방법은 익히 알고 있었다. 되도록 천천히 걷고, 물 많이 마시고, 몸을 따뜻하게 하기. 나름의 수칙을 잘 지키며 첫날과 이튿날은 푹 쉬고, 심신이 가장 편안해진 3일째 되는 날 투어를 계획했다.

투어 전날인 2일차 때, 우유니사막을 가기 위해 시내에서 여행사를 찾아나섰다. 거리에는 각종 투어사의 간판이 즐비했다. 어느 곳을 고를지 고민되어 한국 여행자들의 리뷰를 읽어보고 그중 가장 끌리는 여행사를 방문해 투어를 신청했다. 그래서 그런가, 당일 미팅 장소에 가보니 일행 일곱 명 가운데 나 포함 여섯 명이 한국인이고, 나머지 한 명은 영국인이었다. 게다가 나 빼고 모두 20대였다. 이 젊은 기운, 아주 마음에 들었다!

우유니사막 투어는 날씨가 관건이다. 우기에 온다면 쨍한 푸른빛 소금사막을 만날 수 없으니 대다수가 실망을 한다고. 나는 지금이 우기인지 건기인지도 모르고 왔지만, 이름값(쨍쨍)을 하는 날씨 요정답게 투어 당일 날씨는 무척이나 쨍쨍했다. 눈부신 날 눈부신 소금사막을 볼 수 있다니, 그야말로 최고였다. 새파란 하늘과 그 푸르름을 그대로 비춰내는 바닥은 마치 사람들이 바다를 밟고 있는 듯한 모습을 연출했다. 전라남도 땅보다 더 넓다는 소금사막을 건강한 젊은이들과 마음껏 뛰어놀았다. 한국 친구들은 끝 무렵에 대한민국 국기를 온몸에 두르고 질주하며 사진을 찍었는데 아주 멋졌다! 이곳을 강력히 추천해준 친구가 무척 고마웠다.

　이날 태양이 어찌나 강했는지, 느지막한 오후에는 바닥의 소금이 서서히 녹기 시작했다. 여행사에서 준비해준 장화를 신고 일몰을 기다렸다. 장화를 신고 물기어린 새하얀 바닥을 밟으니 자꾸만 눈이 연상되었다. 이윽고 해가 지기 시작하자 소금사막은 하늘도 바닥도 서서히 붉게 물들기 시작했다. 이곳은 일몰과 일출이 장관이라더니, 별세계가 따로 없다. 우리 일행은 모두 그 광경을 넋을 놓고 바라보았다.

　젊은 친구들은 이때를 놓칠 세라 사진놀이를 시작했다. 친구들은 고맙게도 그 놀이에 나도 끼워주었다. 20대와 60대, 강산이 네 번은 바뀌었을 나이 차 때문에 단체 사진에 방해가 될까 열심히 그들의 지시에 따랐다. 사실 좀 틀리면 또 어쩌랴, 실수하면 더 재밌을 텐데! 그래도 열심히 젊은 친구들이 하라는 대로 따라 했더니 추억에 남을 환상적인 사진이 나왔다.

  우유니사막 투어는 보통 일몰을 보는 데이 투어와 일출을 보는 나이트 투어로 나눠지고, 여기까지 와서 한 가지 투어만 하는 사람은 드물다지만 나는 단 한 번의 투어로 대만족했다. 특히 사진이 맘에 들지 않아서 네 번까지 투어를 했다는 사람도 만났는데 저 사진을 보라, 어떻게 맘에 들지 않을쏘냐! 사진을 찍어주신 나의 우유니 친구 여러분, 무차스 그라시아스!

  참고로 이날의 투어로 얻은 것은 멋진 광경뿐만이 아니다. 함께 얻은 것은 바로 이것, 쨍쨍 시그니처 가운데 하나인 핑크 숄을 함께 얻었다. 투어 시작 전 우유니 시내의 한 가게에서 구입한 것인데, 젊은 친구들의 안목에 도움을 받았다. 2019년에 발견한 이 숄은 이날 이때까지 나의 분신이 되고 있다.

  이제는 누군가 "쨍쨍, 우유니소금사막 꼭 가야 해?"라고 묻는다면 단 1초의 주저 없이 외칠 것이다. "오브 콜스!"

분노에서
감탄으로 갈아타는 데
걸리는 시간

우루과이의 물가가 비싸다는 건 우루과이에 도착하기 전부터 알고 있었다. 그래서 우루과이 여행은 늘 감동과 좌절이 함께했다.

2019년, 내가 여행한 곳은 우루과이의 콜로니아라는 관광지였다. 도착하는 순간, 거리에 늘어선 나무들과 아름다운 오래된 건물들을 보면서 벌어진 입이 다물어지지 않았고 그저 "아, 세상에"라는 감탄만 나왔다. 특히 나이를 가늠할 수 없는 나무들이 거리 가득 늘어서 있는 풍경은 세상 그 무엇보다 아름다웠다. 그 나무 아래를 설레는 맘으로 몇 번이나 거닐었다. 게다가 우루과이 사람들의 친절함이란, 이루 말할 수가 없었다. 얼굴에는 미소가 한가득이고, 무엇을 물어도 최선을 다해 답해주셨다.

풍경 아름답고, 사람들 친절하고. 내가 최적의 여행지를 선정할 때 살펴보는 두 가지 조건이다. 단, 물가가 비싸면 선정되기가 힘들다. 그리고 서두에 밝힌 것처럼 우루과이의 물가는 비싸다. 비싸다는 것을 알고 왔지만 막상 실제로 닥쳐보니 이거이거 제법 감당하기가 힘들었다. 특히 음식값이 비싸서 자주 좌절했다. 그렇다고 먹지 않을 수는 없지 않는가, 특히 나 같은 미식가는!

그날 점심은, 며칠 전부터 정원이 아름다워 눈도장 찍어두었던 식당에서 해결하기로 했다. 메뉴판을 보니 역시나 모든 음식의 가격이 상당했다. 그나마 싼 게 파스타였다. '그래, 오늘 파스타 함 무보자.' 주문하고 기다렸다. 이윽고 등장한 파스타는 비주얼이 그럴싸했으나 먹어보니… 내 아무리 파스타 마니아가 아닐지언정 맛이 영 아니었다. 차라리 내가 즐겨 만드는 명란오일파스타가 그리울 지경이었다. 어쩌랴, 맛없어도 배고픈데 먹어야지!

다만, 맛없어서 첫째로 놀랐는데 계산서를 보고는 둘째부터는 놀라움을 넘어 고마 분노가 폭발하고 말았다. 계산서를 가져온 직원에게 "너무 비싸요"를 몇 번이나 외쳤는지! 직원에게 무슨 죄가 있겠냐만은 왜 이렇게 비싼지 물을 수밖에 없었다. ('맛도 없으면서', 이 말은 안으로 삼켰다.)

"도대체 이 나라에서 비싸지 않은 게 뭡니까? 당신들은 어떻게 살아요?"

와인도 (비싸서) 안 마셨는데 얼굴이 울그락불그락해서는 안 해도 될 말까지 외치고 말았다. 계산서 들고 분노하는 나를 보다못한 식당 매니저님이 다가와서는 조용히 한마디 날리더라.

"저 또한 비싸다고 생각합니다."

너무나 쉽게 수긍하는 바람에 분노하던 내 모습이 순간 부끄러워졌다.

음식이 맛있으면 맛있다고 가격에 상관없이 흥분할 사람이 바로 나 아니던가? 하지만 식사 가격을 보고 놀라는 일을 넘어 분노까지 했던 건 아마도 이번이 처음 아니었을까 싶다. 하지만 들어가기 전에 식당 리뷰나 가격을 좀 알고 갔어야지. 내 탓이오, 내 탓이오!

실컷 씩씩거리며 식당을 나왔는데… 아, 거리에 가득한 크고 오래된 아름다운 나무들을 보자마자 나도 모르게 입 밖으로 말이 새어나왔다.

"아, 무이 보니타(너무 아름다워)muy bonita!"

누구를 향해 외친 말은 아니었다. 그저 우루과이의 어느 한 거리 앞에서 '아름답다'는 말을 몇 번이나 외쳤는지 모른다! 어찌나 많이 외쳤는지 오가는 사람들이 내 말에 화답하듯 손을 흔들어주었다.

이미 분노는 온데간데없고 우루과이 찬양에 열을 올리기 시작했다. 분노에서 찬양으로 갈아타는 데 얼마 걸리지 않았다. 이처럼 가볍디가벼운 나란 인간… 사랑한다, 사랑하고말고! 하지만 이것이 아마 나의 긴 여행의 원동력이지 않을까? 분노하다가도 바로 아름다움을 찾아내는 가벼움! 분노만 하기엔 세상은 너무나 아름답다!

쨍쨍

여행

토크쇼

▷

　나이 오십에 명예퇴직을 하고, 2009년 10월부터 본격적인 여행을 시작하며 블로그에 여행 이야기를 올리기 시작했다. 글이 차곡차곡 쌓이고 목록이 하나둘 늘어날수록 댓글 가운데 "쨍쨍님, 언제 귀국해요? 귀국하면 한번 만나고 싶어요"라는 문장이 많이 보이기 시작했다. 그래서 귀국 후 번개모임 갖자고 글을 올렸더니, 내 예상보다 참가자 수가 너무 많아서 총 네 번에 나누어 모임을 진행했다.

　그러던 어느 날, 번개에 참석한 분의 불만 후기가 전해졌다.

　"번개모임에 나간 이유는 쨍쨍님을 만나기 위해서였는데, 쨍쨍님은 저 멀리 계시고 옆자리 사람들 이야기만 듣다 왔다."

　번개모임에는 여러 사람이 찾아오는데, 나만 혼자 마이크를 쥐고 이야기하자니 아깝다는 생각에 내 이야기 시간은 짧게 갖고 각자 자유롭게 대화하는 시간을 길게 가졌다. 그랬더니 저런 애로사항이 발생한 것이다. 흠, 내 얘기가 더 많이 듣고 싶다는 거지? 그렇다면 '쨍쨍 여행 토크쇼'를 열어버릴까? 내 이야기를 듣고 싶어하는 사람들에게 작정하고 내 이야기를 들려주면 되겠군!

소위 말하는 '그 좋은 직장(교사)'을 과감하게 때려치우고(넘 과격한가요^^) 그렇게나 열망하던 긴 긴 여행길에 올랐습니다! 한 달이 두 달이 되고, 두 달이 세 달이 되고… 10월 19일이면 여행에 나선 지 3년이 됩니다! 숫자가 무에 그리 중요할까마는 그래도! 이참에 작은 이벤트를 할까 합니다. 3년간의— 정확하게는 15년— 여행 이야기를 나의 친구 여러분들과 함께 나누려고 합니다!

그 여행 이야기에는 웃음도 있고요,
그 여행 이야기에는 울음도 있고요,
그 여행 이야기는 사랑도 있고요,
그리고 무엇보다 '당신'이 있습니다.
나의 친구 여러분, 함께하시렵니까?!

제목: 쨍쨍 여행 토크쇼
언제 :12. 10. 19(금) 19:00 - 22:00
어디서 : 성북동 카페 티티카카

나의 첫 '쨍쨍 여행 토크쇼'의 안내문이다. 스물일곱 명 정원으로 모집했는데, 오십 명 되는 사람들이 신청했다. 감격하여 울고 싶은 심정이었다. 그후로 "대구에도 와주세요", "부산에는 안 오시나요?"라는 문의가 잔뜩 들어와, 그야말로 전국투어를 해야 했다. 일정표를 블로그에 올려놓으면 "쨍쨍님, 완전 아이돌급 스케줄인데요, 건강 잘 챙기세요! 혹 매니저 필요하지 않으세요?"라는 장난기 가득한 반응이 넘쳤다.

  모든 토크쇼가 다 인상깊고 즐거웠지만 서울 워커바웃 카페에서 토크쇼를 할 때는 정말 깜짝 놀랐다. 카페에 도착해보니 세상에, 서른 명쯤 되는 참가자들이 다들 머리에 꽃을 꽂고 앉아 있더라! 이런 준비물을 말한 적 없어서 어안이 벙벙했는데 알고 보니 카페 주인이 기획한 이벤트였다. 주인장은 내 블로그 포스팅을 보고 사진 속의 내가 늘 머리에 꽃핀을 꽂고 있다는 것을 알아차렸다. 그러고는 꽃을 바구니에 담아두기만 했는데, 참가자들이 다들 알아서 머리에 꽃을 꽂더란다! 어쩜 내 취향의 사람들이 이리 가득한지, 보고만 있어도 가슴이 벅차올랐다.

  쨍쨍 토크쇼는 총 200회가량 개최했는데 국내뿐만 아니라 종종 해외에서도 열린다. 지금까지 우간다, 러시아(바이칼), 키르기스스탄 등에서 진행했다. 특히 키르기스스탄에서는 여행 도중 나린이라는 작은 도시에서 정말 우연찮은 기회로 한국어 수업을 하게 되었다. 그런데 사람들에게 수업만 하면 지루하겠다 싶어 내 세계 여행 이야기도 조금 들려주기로 했다. 주객이 전도되어 학생들이 여행 이야기를 훨씬 더 흥미롭게 들어준 것이 문제라면 문제였지만 무척 즐거운 시간이었다. 여행 이야기를 한 시간가량 들려주고 질문을 받았는데, 한 40대 초반의 참가자가 이렇게 물었다.

"나이가 저보다 많은 걸로 알고 있는데, 훨씬 젊어 보이는 이유가 혹시 여행 때문인가요?"

"오브 콜스! 정답!"

학생들은 내가 이 당시에 이미 73개국을 여행했다는 것에 놀라워했고, 준비해 보여준 여행 사진과 영상에 눈을 떼지 못했다. 그들 가운데 자동차로 두 시간 이상 걸리는 곳 너머로는 떠나본 적이 없다고 말한 학생도 있었으니, 나의 여행은 과연 그들에게 무엇으로 가 닿았을까? 언젠가 그들을 어느 길 위에서 만나길 꿈꾸어본다.

토크쇼를 하면서 제일 많이 받은 질문은 놀랍게도 "여행한 나라 가운데 가장 좋았던 나라는 어디인가요?"가 아니라 "쨍쨍님의 사진과 영상은 누가 찍어줍니까?"였다. "사진 찍을 당시, 내 가까이에 있었던 전 세계의 아무나씨"가 나의 답이다. '혼여행러'◆니까 당연히 대부분 혼자 사진을 찍는데 그때마다 주변 사람들에게 다가가 "사진 좀 찍어주시겠어요?" 하며 말을 건넨다. 이 말을 건넴과 동시에 이야기가 펼쳐지고 쌓여간다. 그러니 내 여행 이야기는 '사진 찍기'부터 시작된다고 해도 과언이 아니다. 그나저나 혹시 이 글 읽는 당신, 언젠가 쨍쨍의 사진작가님이셨지 않나요?

◆ '혼자 여행하는 사람(-er)'을 가리키는 신조어다.

돈
좀
빌려주십시오

40일간의 하와이 여행을 끝낼 즈음, 이제는 어디로 갈까 고민하는 나에게 누군가 말했다. 이쯤 되면 눈치챘겠지. 항상 내 여행은 누군가의 제안으로 이어진다.

"순자! 산 미겔 데 아옌데로 가. 세계에서 가장 아름다운 도시로 뽑힌 곳이야."

거긴 또 어딜까? 곧장 인터넷에 도시 이름을 검색해보았다. 멕시코의 한 도시로 도시 전체가 유네스코 세계문화유산으로 지정된 곳이었다. 대충 툭툭 찍은 듯한 사진들로도 내 마음을 뺏기기 충분했다. 바모스(가자)vamos, 산 미겔 데 아옌데!

기대가 크면 실망이 크다는 말은 '가끔씩' 맞다. 낮의 도시는 황홀할 정도로 아름다웠으나 밤이 몹시 싸늘했다. 그래서 뜨거운 물에 몸을 푹 담그고 싶은 마음이 굴뚝같아졌다. 혹시 주변에 온천이 있을까 살피던 중, 너무나 멋진 온천 지역을 발견했다. 이름하여 톨란통고. 이름은 요상하지만 풍경 사진을 보자마자 이미 빠져들었고, 유튜브 영상을 보고는 놀라 자빠지겠더라. 무엇보다 이곳은 무려 자연 온천이었다. 산에서 내려오는 물이 전부 온천수라니! 여행 중 여행은 이렇게 시작되었다.

 톨란통고로 향하는 여행자들은 대체로 멕시코시티에서 출발하지만, 난 산 미겔 데 아옌데에서 출발하게 되었다. 구글 맵스로 경로를 살펴보니 자동차로 여섯 시간 거리였다(첫번째 실수다). 그리고 늘 가지고 다니는 카드를 이번엔 가져가지 않았다. 온천에 들어갈 때 지갑을 어디에 둬야 할지 모르니 위험하다 싶어 신중하게, 처음으로 신중하게 심사숙고해 카드 대신 현금을 넉넉하게 챙기기로 했다. 문제는 그 현금이 넉넉한지 부족한지 전혀 계산해보지 않았다는 것이지만(두번째 실수다).

 우선 막연하게 계산했던 시간은 단위부터 틀려먹었다. 산 미겔 데 아옌데에서 온천까지 걸리는 시간을 약 여섯 시간 정도로 잡았는데 여섯 시간은 무슨, 열두 시간이 걸렸다. 대중교통으로 가려니 무려 환승을 세 번이나 해야 했고, 환승시간 또한 만만치 않았다. 이런 걸 전혀 고려하지 않았으니, 이것이 바로 '대충대충 쨍쨍의 여행법'이다.

 도착시간보다 나를 더 곤경에 빠뜨린 건 무엇보다 돈이었다. 자랑도 아니면서 항상 스스로를 '경제관념 제로'라 말하곤 했는데, 이번에 된통 혼이 났다. 머릿속으로 '대~충 이 정도면 되겠지'라고 계산해 챙긴 현금은 한화로 고작 5만 원이었다. 얼토당토않지, 대중교통으로 편도 열두 시간 걸리는 곳을 가면서 경비를 5만 원만 들고 가다니. 멕시코 물가가 아무리 싸더라도 이게 무슨 셈법이란 말인가. 그 사실을 나중에야 깨달았다.

아무 생각 없이 신나게 첫번째 버스를 탔다. 세 시간 정도 가서 환승할 버스를 기다릴 겸 식당에 갔고, 버스 옆자리에 앉았던 이 지역 음악교사라는 분과 함께 식사를 했다. 그분은 내가 톨란통고에 간다는 사실을 알고 온천까지 가는 방법을 자세히 설명해주셨다. 이야기를 들으면서 가만히 돈 계산을 해보았다. 앞으로 더 내야 하는 비용은 이러했다. 두 번의 버스비, 온천 입장료와 숙박료, 밥값 그리고 다음 날 아침 돌아오는 버스 세 편의 비용. 그 와중에 온천은 통합 입장료가 아니라 장소마다 유료입장이란다. 아무리 무료입장이 가능한 온천만 들어간다고 해도, 얼추 계산했을 때 지금 내가 가진 돈으로 그곳에서의 1박은 어림없었다. 낭패다…. 왜 카드를 가져오지 않았단 말인가. 그녀가 내 사정을 듣더니 여비에 보태라며 돈을 조금 주었다. 세상에, 감사합니다. 이때부터 긴축 재정에 들어갔다. 시장에 먹을 게 많아 보여도 눈을 꼭 감고 온천에 도착했다.

방을 먼저 잡으려는데, 여기서부터 문제가 발생했다. 숙박요금이 생각했던 금액선보다 더 높았다. 이 돈을 내고 나면 무일푼이다. 온천은커녕 저녁밥도 굶게 생긴 거다. 디스카운트 얘기는 꺼내보지도 못했다. 당신이라면 어찌할 텐가. 열두 시간을 걸려 온천에 왔건만, 이름도 기억나지 않는(미안합니다) 음악교사에게 돈을 받아서까지 왔건만 여기서 포기할 텐가! 하지만 나, 쨍쨍은 포기하지 않는다!

일단 주위를 살폈다. 누군가를 만나자. 누군가를 만나 사정을 이야기하고 돈을 빌리자. 이것이 나의 생각이었다. 내가 스페인어가 안 되니까 영어 되는 사람을 만나야 한다. 비록 이곳은 현지인들이 더 많아 보이기는 하지만… 누구든 만나자! 그때 내 시야에 누군가 들어왔다. 30대 후반에서 40대쯤 되어 보이는 남자였다. 그에게 인사를 건넸다. 약간이나마 영어가 통하는 사람이었다.

"올라… 나는 한국인 순자야…. 너네 나라를 여행 중인데 현재 산미겔 데 아옌데에 머물고 있어. 오늘 아침 거기에서 출발해 여기까지 버스를 세 번 갈아타며 왔지. 그런데 내가 큰 실수를 하고 말았어. 카드를 가져오는 걸 잊었거든. 현금은 조금밖에 없어. 그래서 호텔비를 내고 나면 돈이 하나도 없어. 내 말은, 당장 내일 집으로 돌아갈 차비가 없어…."

여기까지 말하고 울음이 터졌다. 멀리서 힘들게 왔는데, 신중하지 못해 생판 모르는 남에게 돈을 빌리는 지경에까지 이르니 부끄러움에 울음이 터졌다. 하지만 운다고 돈이 생기는 것이 아니다. 얼굴에 철판을 깔고 이어 말했다.

"그래서 말인데, 돈 좀 빌려줘…. 내가 산 미겔 데 아옌데로 돌아가서 부쳐줄게."

거절당할 각오로 물어봤는데 웬걸, 남자가 선뜻 얼마의 지폐를 내

밀었다. 오히려 얼마 되지 않아서 미안하단다. 두 손을 덥석 잡고 악수했다. 미안하기는! 나는 연신 고맙다 인사하며 그의 주소와 연락처를 물었다. 내일 돌아가자마자 곧바로 갚을 요량이었다.

"노 아이 프로블레마(문제 없어)no hay problema."

괜찮단다, 갚지 않아도 된단다. 지금도 이 즉각적인 선의를 떠올리면 눈물이 흐른다. 무차스 그라시아스… 엉엉.

이름 모를 그 덕분에(두번째로 미안합니다) 여분의 돈이 생겼다. 얼마나 고마운지! 저녁은 최소한으로 먹었고 일찍 잠자리에 들었다. 거듭 감사하면서, 거듭 나의 '대충대충' 정신에 진절머리를 치면서.

다음 날 아침, 스스로에게 내리는 벌로 굶을 작정이었는데 배는 왜 이다지도 고플까. 결국 또다시 최소한의 경비로 아침을 때웠다. 그래도 여기까지 왔으니 온천에 들어가보기로 했다. 물론 무료입장인 곳으로!

아, 돈이 없어 톨란통고에 도착한 내내 안절부절못했지만 그래도 온천의 경치는 환상적이었다. 유튜브에서 많이 본 경치지만 직접 그 속에 있어보니 영상에서 보는 것은 새 발의 피였다. 사실 경치가 훨씬 멋진 온천지가 몇 군데 있었는데, 그곳에 들어가려면 입장료를 내야만 했다. 현재 내가 가진 돈으론 택도 없었다. 또 모험을 하려다가 참고 또 참았다. 행운을 연속으로 기대할 수는 없지. 제발 정신 차리시오! 온종일 즐길 거리가 넘치고 넘치는 곳이래도, 그 멀리서 왔대도, 어쩜 일생에 한 번뿐일지 몰라도, 더 오래 머물고 싶다는 마음은 욕심이다. 하지만 나는 돌아갈 차비도 간당간당하지. 그러니 돌아가자… 하지만 언젠간 꼭 다시 온다, 톨란통고! 구걸하면서 다녀온 너를 내 어찌 잊으랴. 그때는 돈 넉넉히 가지고 올게.

하루종일

날 웃게 한

당신들

　여행하다보면 사진을 찍기가 좀 불편한 순간이 있다. 이를테면, 힘들게 일하는 누군가의 모습이 풍광과 함께 카메라에 담기는 것. 나 혼자 간직하는 사진이래도 행여 눈이 마주치면 불쾌해할까 싶어 주변만 나오는 척하며 찍기도 하는데 마음이 좋지 않다. 그럼 허락을 구하면 될까 싶지만, 말이 안 통하는 나라에서 이건 또 쉬운가?

　스리랑카 하푸탈레에 오래 머물면서 오늘은 또 어디를 가나 고민했다. 그러다 숙소에서 꽤 먼 거리에 자리한 사원에 가기로 결정하고 숙소를 나섰다. 대체로 늘 계획이 없는 날들이지만 하루의 뼈대가 정해지면 좀 든든하다. 산뜻하게 길을 걸어가는데 어느 할머니 한 분이 시야에 들어왔다. 맨발에 앙상한 체구임에도 큰 둥치의 나뭇짐을 지고 계셨다. 힘드시겠는데… 하는 측은지심이 올라오며 다시 발을 옮기는 순간 그분이 빼액 소리를 질렀다.

"노, 마담! 이 길로 내려오면 안 돼!"

"왜, 왜요? 당신은 그 길로 왔잖아요!"

"안 돼! 이 길로 가면 네 맨다리 다 긁혀. 그러니 저어쪽 길로 가!"

그렇구나, 고맙습니다! 꾸벅 인사하고 가려는데, 또 "마담!" 하고 나를 부른다. 그러더니 내 머리에 꽂은 꽃핀을 가리킨다. 오호라, 이게 궁금하신가. 기꺼이 내 꽃핀을 빼 그분의 머리에 꽂아드렸다. 그리고 사진을 한 장 찍어 그분께 카메라에 담긴 본인의 얼굴을 보여주니 너무 좋아하신다.

"너무 아름다워요!"

둘이서 꽃핀으로 화기애애한 분위기를 이어가는데, 뒤편에서 나뭇짐을 진 두 사람이 마구 뛰어온다. 그러니까 짐을 옮기러 총 세 명이 함께 온 모양이었다. 이들의 이름은 산드라, 안젤라, 신디. 이날 하루종일 나를 웃게 한 주인공들의 이름이다.

그저 사진 한 장만 찍어드리고 가려고 했는데, 세 언니야들은 나도 나도 하며 꽃핀과 선글라스를 번갈아 써보며 웃었다. 그 모습이 귀여우셔서 나도 모르게 순식간에 그들의 전담 사진사를 자청했다. '스마일'은 산드라만 할 줄 아는 건지 두 분은 그저 심각한 표정으로 일관해서 너무 재밌었다.

그나저나 얼른 나무를 지고 가셔야 한 푼이라도 더 버시는 것 아닌가, 저래 놀아도 되나? 거기까지 생각이 미치자 오히려 내가 그들을 재촉했다. 하지만 내 말을 알아듣는 건지 아닌 건지 세 분은 서로의 얼굴과 사진을 보며 웃기 바쁘다.

"안젤라, 신디, 산드라! 얼렁 갑시다!"

곧 나뭇짐을 다시 꾸리는 세 분을 보면서 얼마나 힘드실까 생각했다. 장갑이라도 끼고 하시지, 내가 하나 사드려야 하나… 온갖 걱정과 심란함을 혼자 껴안고 있었다. 그렇게 그들과 나의 동행이 이루어졌다. 어디까지 가시는지 알지도 못하면서, 저 아래 사원까지 가기로 한 오늘의 산책은 나 몰라라 던져놓고 나의 친구 세 사람을 따라가기로 했다. 조금 전까진 머리에 꽃핀과 선글라스를 얹으며 즐거웠는데, 다시금 머리에 나뭇짐을 가득 진 세 사람을 보니 안쓰러운 마음이 스멀스멀 올라온다.

'다리가 무척 앙상하시다. 너무 못 드셨나, 시내 식당으로 모시고 가서 치킨커리라도 사드릴까. 그런 김에 나뭇가지에 찔리지 않게 장갑도 사드리고… 아니야 필요하신 데 쓰라고 현금을 드리는 게 최고겠지. 100루피… 너무 적지? 그럼 200루피?'

거시적인 도움은 어렵더라도, 이름을 알게 된 눈앞의 세 사람을 돕고 싶었다. 그러다 신디 할머니가 나뭇짐을 잠시 머리에서 내려놓았다. 이때다!

"신디, 그 나무 내가 들게요! 그 따배이♦ 이리 주이소!"

세 사람은 생각지 못한 듯 놀라워했지만, 내가 세 사람보다 덩치

♦ '똬리'의 경상도 사투리다.

도 크고 힘도 세다고 주장하며 신디의 나무를 내 머리에 얹었다. 그렇게 한 20분쯤 걸어가는데 지나가는 자동차들이 내 옆으로 서서히 속도를 줄였다. 왜 멈추지 하고 보니, 자동차 안에 있던 사람들이 황급히 폰을 꺼내 우리를 엄청나게 찍기 시작했다! 아니, '우리'인 줄 알았는데 가만 보니 나만 집중적으로 찍고 있더라. 처음에는 가만히 있었다가 저 차도 이 차도 나를 찍길래 외쳤다.

"노노노! 찍지 마! 찍으려면 100루피 내고 찍으시오!"

이렇게 스리랑카에서 모델 데뷔를 하게 될 줄이야. 아마도 스리랑카 어디에선가 파란 미니스커트를 입은 국적불명의 여자가 머리에 나뭇짐을 진 사진이 돌고 있을 것이다. 그런데 찍는 사람들보다 나와 동행하는 세 사람이 내 모습을 보며 박장대소를 하더라.

모두가 하하호호 했지만, 나는 머리에 신디의 나뭇짐을 지고 가면서 먼 옛날 울 엄마 생각이 났다. 봄날이면 겨울 내내 방 한편에 보관하던 싹이 난 고구마를 꺼내 함지에 이고 고구마순을 팔러 읍내 장에 나가셨다. 산골짝 우리집에서 읍내 장터까지는 30리 길, 울 어매 얼마나 힘드셨을까. 엄마, 잘 지내고 계신가?

세 사람을 따라 큰 도로를 한참이나 걸어가고 나서야, 조금 아랫길로 빠지더니 드디어 마을로 접어들기 시작했다. 어라, 저쪽 동네는 며칠 전에 우연히 들러 아이들과 한참 춤추고 놀았던 마을이다 싶던 찰나, 어느새 날 알아본 아이들이 "순자, 순자" 하며 뛰어왔다. 이곳에 한 달이나 머물고 있으니 제법 나이 차가 많이 난 친구들이 생겼다. 애들아, 너희 동네는 나중에 오마. 지금은 저분들 따라가야 해, 다음에 보자! 친구들에게 손을 흔들고 다시 그녀들을 따라갔다.

머리에 얹힌 나뭇단이 보기보다 무거워 머리가 빠개질 듯했지만, 그래도 스스로 자청했기에 힘들다는 소리도 못 하고 끝까지 걸었다. 그러면서도 생각했다. 당도할 그녀들의 집이 많이 남루해도 티내지 말아야지. 머릿속으로는 수많은 측은지심이 들었지만 티내지 말고 의연하기로 다짐했다.

이윽고 그들의 집에 다 와간 듯했다. 이 집 저 집에서 사람들이 마중을 나오기 시작했으니까. 그런데… 아니, 아니, 아니…! 천막집이거나 허물어져가는 지붕도 없는 그런 곳을 상상했는데 아니었다. 지붕도 있고, 침대도 있고, 부엌도 있고, TV도 있다. 내가 뭘 몰라도 한참을 몰랐다. 무의식적으로 저분들을 무시한 건가? 어라, 그건 아니었는데.

집에 도착하자마자 신나게 얼 타고 있는 내게 그들은 세수를 하라며 깨끗한 타월을 가져다주었다. 그러고는 내가 좋아하는 밀크티를 한 잔 건네며 안방으로 나를 안내했으니… 얼음 땡! 치듯 나도 모르게 한국말로 이렇게 외치고 말았다.

"이건 사기야, 사기! 하하하하!"

소리 치고 나 혼자 크게 웃었다. 웃으면서 방에 들어서니 고급지고 화려한 사리saree◆로 한껏 단장한 신디가 나타났다. 정말이지! 이때야말로 거짓말 좀 보태서 기절초풍할 뻔했다.

이 글을 읽는 여러분들은 "쨍쨍 너무 오바하는 거 아니야? 천장에, 살림살이 있는 게 그렇게 놀랄 일인가…"라고 생각할지 모르겠지만, 나는 여러 곳을 여행하면서 인도를 비롯해 동남아시아와 남미에서 겪는 가난의 실상을 굉장히 많이 보았다. '빈민가'라 불리는 집들을 가보았기에 이들의 반전이 무척이나 크게 다가온 것이다.

맞다, 육체노동을 한다고, 옷 좀 허름하게 입었다고 사람을 함부로 판단하는 게 아니었는데. 알고 있다고 생각했던 것을 몸소 깨우치는 순간이었다. 신발이 없어서 맨발인 게 아니라, 맨발이 문화일 수도 있고 선택일 수도 있다는 것. 생각해보면 당연하다. 나무하러 가는데 무슨 좋은 옷을 입나? 허름한 옷을 입는 게 맞다. 내가 잘못 생각했다. 하루종일 웃게 만들어주고는 정신까지 번쩍 차리게 해준 나의 친구 신디, 산드라, 안젤라에게 다시금 감사해졌다.

호텔로 돌아와 그사이 친구가 된 프런트 매니저와 오늘 있었던 이야길 나누었다.

"그들 집에 가보니 그렇게 가난하지 않았는데 왜 신발도 신지 않고, 그렇게 힘든 일을 하는 건가요?"

내 딴엔 심각하게 물었는데 돌아온 답을 듣고 좀 허탈해졌다.

"일해야지. 일 안 하면 뭐 해요? 여기 사람들은 움직일 힘만 있으면 다들 일합니다."

이건 어디서 많이 듣던 소리다. 최근에 택시 기사님들의 평균 나

♦ 스리랑카 여성들의 전통 복장이다. 남성의 복장은 사롱(sarong)으로, 정장 같은 역할을 한다.

이가 높아진 것이 느껴져서 종종 그분들께 언제까지 일하실 거냐고 물어봤던 적이 있다. 그럼 그분들은 항상 이렇게 말했다. "놀면 뭐 합니까?" 비단 택시 기사뿐이랴? 일흔을 바라보는 우리 큰오빠도 아직 떡 방앗간에서 일하고 있다. 제주에서 만난 할머님들도 다들 같은 답을 하셨다. "놀면 뭐 하노!"

사람 사는 것은 알고 보면 거기서 거긴데, 좀 가난한 나라 사람이라고 얕잡아본 건 아닐까? 내가 참으로 가소로운 순간이었다.

안젤라, 신디 그리고 산드라! 인화해드린 사진은 맘에 들었나요? 당신들을 알게 되어서 기쁩니다. 다음에 만날 땐 장갑을 선물하고 싶습니다. 아무리 강해도 맨손으로 나무하면 찔릴 수 있으니까 조심하세요. 다시 만날 때까지 안녕!

전생에

나라를 구한 게

틀림없어

살면서 다른 이들로부터 자주 듣는 몇 가지 말이 있다. "멋지다", "특별하다", "튄다" 그리고 또 한마디.

"도대체 쨍쨍님은 전생에 나라를 몇 번이나 구하셨나요?"

여행하면서 좋은 사람을 정말 많이 만났다. 그럴 때마다 나도 모르게 생각한다. 난 전생에 나라를 아주 많이 구한 게 틀림없어!

"쨍쨍님, 제가 살고 있는 동네(나라)에 오시면 식사 한끼 대접하고 싶습니다."

블로그에 올려둔 내 여행 이야기를 읽으신 분들이 가끔 저런 쪽지를 보내신다. 말씀만으로도 이미 감동이지만, 쪽지를 보낸 몇몇 분들과는 실제로 만나기도 했다.

캐나다 밴쿠버에 머물 때였다. 어떤 분이 쪽지를 보내셨다. 그동안 나의 여행기를 잘 읽었다며, 미국 시애틀에 살고 있으니 근처에 오게 되면 꼭 연락을 달라고 하셨다. 그동안 여행기를 공짜로 잘 읽었으니 식사라도 대접하고 싶다는 말도 함께였다. 아직 미국에 갈 계획은 없지만 말씀만 들어도 너무 감사하다는 답장을 보냈다.

그런데 답장을 보내고 며칠 뒤, 밴쿠버에 너무 오래 머문 듯해 짐을 맡겨두었던 캘거리 친구 집으로 돌아가기로 결심했다. 캘거리행 버스표를 어디서 파는지 몰라 가까이에 있던 한 청년에게 길을 물어보았다. 마침 한국 유학생이었고, 그는 친절하게 매표소 위치를 알려주었다. 내친김에 하나 더 질문했다. 가지고 다니던 카메라에 약간 문제가 있던 참이었다.

"혹시 카메라 매장이 어디 있는지 알아요?"

"근처에 있긴 한데 아주 비싸요. 카메라는 미국이 싼데…."

"미국이요?"

되물었더니 미국은 전자제품이 캐나다보다 훨씬 싸다고 한다.

"그렇군요, 하지만 미국은 너무 멀잖아요."

"멀다고요? 여기서 페리로 두 시간만 가면 미국 시애틀인데요."

그는 그걸 몰랐냐는 듯이 말했다. 그러더니 페리뿐 아니라 버스도 있단다. 어마야, 진짜라예? 내가 당장이라도 갈 듯이 말하자, 친절하게도 근처 시애틀행 버스 매표소까지 알려주었다. 얼마나 고마운지! 그 길로 당장 35달러짜리 미국 시애틀행 버스표를 끊었다. 와우, 드디어 나도 미국 간다!

미국행 표를 손에 얻고 나니 기분이 좋아서 어쩔 줄 몰랐다가 다시금 현실로 돌아왔다. 시애틀에 가면 지낼 곳을 찾아놓아야 한다. 호스텔을 검색하려다가 불현듯 지난번 쪽지를 준 사람이 생각났다. 그분, 시애틀에 산다고 했지 싶은데… 다시 쪽지를 확인해보니 맞다. 호스텔 예약하기 전에 한번 연락해볼까?

"갑자기 내일 시애틀에 가게 되었습니다. 혹 사시는 곳에 여유 공간이 있으면 신세 좀 져도 될까요? 물론 숙박비는 내겠습니다. 그리고 제가 요리를 잘은 못하지만 하는 걸 좋아하니 김치를 비롯한 한국 음식을 만들어드릴게요, 물론 원하신다면요."

이렇게 적고선 마지막 문장에 "절대 부담 갖지 마십시오. 안 되면 언제든 호스텔로 갈 수 있습니다"라고 덧붙이고는 엔터키를 눌렀다. 요리 카드를 꺼내든 이유는 쪽지를 보낸 그 사람이 막연히 유학생일지도 모른다는 생각이 들었기 때문이다. 아까 나를 도와준 친절한 학생 같은 사람이라면 한끼라도 직접 한국 음식을 만들어주고 싶었다. 쪽지를 보내고 좀 기다려도 소식이 없길래, '그래, 남의 집에 신세 지는 것 고마하자! 그냥 가서 인사나 하자고 연락이나 함 해보지, 뭐'라고 생각하고 있는데 답장이 도착했다. 집 주소와 연락처까지 적어놓고선 시애틀에 오면 이곳으로 오란다. 그리고 몇 문장이 더 있다. 메시지 보낸 분은 학생이 아니고 나랑 같은 50대라는 것, 내년에 모터바이크로 세계 여행을 떠날 계획이라는 것까지!

짐을 꾸려 버스에 오르기 전에 그분의 집으로 가는 방법을 좀 자세히 알고 싶어 전화를 드렸다. 그러자 거두절미하고 내가 내리는 버스터미널까지 픽업을 오시겠단다. 혼자 찾아갈 수 있다고 극구 사양했지만 집에서 그리 멀지 않으니 부담 갖지 마시란다. 감사 인사를 드리고 드디어 미국행 버스에 몸을 실었다. 그런데 두 시간 반쯤 걸린다는 버스는 이래저래 시간을 지체하더니 다섯 시간 가까이 걸려서야 터미널에 도착했다. 이 일을 어쩌나? 전화기가 없어 늦는다는 연락도 못 드렸는데… 한 시간도 아니고 두 시간씩이나 기다리고 계실까? 걱정스러운 마음으로 버스에서 내렸다. 공중전화를 찾고자 여기저기 둘러보고 있는데 어떤 남자분이 다가오더니 내게 묻는다.

"쨍쨍님이시죠?"

"아! 네, 쨍쨍입니다. 많이 늦어서 미안합니다."

사과하는 사이 이미 남자분은 내 배낭을 대신 어깨에 메고선 나보고 따라오란다. 모퉁이를 도는 순간, 이분 말고도 남자 두 명이 추가로 나타났다. 한 분은 머리에 멋진 누선을 두르고 있었디. 이게 무슨 일이람… 놀란 가슴을 진정시키고 있는데, "쨍쨍씨, 시애틀 방문을 환영합니다!"라며 세 분이서 아예 합창을 하신다. 요기까지만 해도 이미 감동(이자 충격)인데 내 앞에 멋진 오토바이 세 대가 떡하니 서 있었다. 세상에 이건 또 뭐란 말인가! 두 대는 나도 아는 거다. 바로 할리데이비슨! 영화나 드라마에 등장하는 바로 그 바이크다!

세 분은 각자 자기소개를 간단히 하시며, 내년에 이 오토바이를 타고 셋이서 세계 여행을 떠나는 게 꿈이란다. 그런데 자유 여행에 대해 아는 게 없어서 내게 가르침을 받고자 초대하게 되었다고 말했다.

"아니… 제가 뭘 아는 게 있어야지요…. 바이크로 다니는 세 분이 더 잘 아실 겁니다."

하지만 나의 자신 없는 목소리는 모터바이크의 시동 거는 소리에 묻혔다.

"쨍쨍씨, 세 오토바이 중 맘에 드는 걸 골라 타세요."

아 어쩌니, 셋 다 맘에 드는데! 내가 고민하는 사이 한 대를 골라 타면 나머지 두 대는 호위를 할 예정이란다. 젠장, 내가 정말 전생에 나라를 구한 게 틀림없지… 호위라니! 가슴이 쿵쾅거리지만 너무 고민하면 이상하게 볼까봐 그중 젤 번쩍거리는 오토바이에 올라탔다. 내가 앉자마자 누군가 내 머리에 몸무게만큼 무겁게 느껴지는 헬멧을 씌웠고, 곧장 바이크가 달려나가기 시작했다. 오마야 이게 바로 질주본능이라 카는 거 아이가! 다섯 시간 동안 버스에 앉아 있느라 쌓인 피로감이 한 방에 화악 날아간다.

"순자야! 니 또 아무나 따라가나. 가시나, 안 무섭나?"… 친구들의 우려 섞인 목소리가 귓전에 들리는 듯하지만 이 신나는 순간을 어떻게 멈출 수가 있나? 내 생에 첫 모터바이크였다(앞선 우즈베키스탄에서 다니엘의 모터바이크를 얻어탄 일은 이로부터 7년 뒤의 이야기다). 시애틀의 노을이 사방을 물들이고, 그 노을 속을 맨몸으로 질주하는 경험을 어찌 포기해?

"당신 진짜 용감해!" 어떤 분들은 날 보고 이렇게 말하신다. 천만에 만만에! 알고 보면 진정 '소심한 일반인' 'A형'의 대표주자다. 이 문장을 보면 나를 좀 안다고 하는 사람들조차 열에 아홉이 '뭐? 쨍쨍이 소심해? A형? 에이 거짓말!'이라는 반응을 보일 테지만 진실이다. 내가 학생일 적에는 중학교에 들어가서 혈액형 검사를 했는데 어느 날 체육선생님께서 날 부르셨다.

"최순자, 니 피검사 다시 하자!"

"와요, 샘?"

그 당시 체육선생님을 비롯한 여러 교사들의 판단 결과, 내 행농과 성격을 보면 절대로 A형이 아닌데 결과가 A형으로 나왔으니 믿을 수 없다는 거다. 혈액형과 성격에 어떤 상관관계가 있다고 미신처럼 믿던 시절이다. 오히려 그때는 혈액형별 성격 분석에 별로 신경을 쓰지 않았는데 나이가 들어갈수록 한마디 한마디가 어쩜 그리 잘 맞던지! 특히 소심함에 대한 언급에는 무릎을 치며 동의하고 또 동의했다. 한마디로 말하자면 이렇다. '겉은 용감한 듯 보이나 속은 소심함의 극치를 달리는 사람', 그게 바로 나다.

실은 고속도로를 거의 30분 넘게 달렸는데도 주택가가 보이지 않아 아까부터 심장이 널뛰던 참이었다. 여기서 집이 가깝다 했는데, 미국에서는 치안에 조심해야 한댔는데, 오히려 한국 사람을 경계해야 한댔는데… 그래도 어쩔 도리가 없다. 이렇게 미친 듯이 질주하는데 우예 뛰어내릴 수 있노? 아직 살아서 하고픈 일이 얼마나 많은데 안 되지, 안 되고말고. 질주하는 할리데이비슨 모터바이크 뒷좌석에 앉아 혼자서 머리를 흔들다 말다 생쇼를 했다. 그래도 불안한 맘은 숨긴 채 여유 있는 척 운전하는 분께 너스레를 떨었다.

"와우, 저기 보이는 설산, 저것도 로키라예?"

"아닙니다. 저 산은⋯."

속도 때문에 뒷말이 들리지도 않는데 "어마야 진짜 아름답네예!"라고 호들갑을 떨었다. 드디어 고속도로가 끝나는 듯 보였고, 맨 앞의 오토바이가 상가 건물 가까이에서 속도를 줄였다. 오오오, 안심이다. 여기서는 여차하면 소리지르면 되겠다! 머리로 위급상황에 대한 모든 것을 대비하고 있는 찰나였다. 모터바이크 세 대가 나란히 서더니 내게 조심해서 내리란다. 긴장과 흥분 속에 있던 내가 모터바이크에서 내려 맨 처음으로 본 게 무엇이었던가?

'미락'⋯ 한국말로 미락, 이라고 적힌 간판을 보았다. 아, 여기 한국 식당이구나. 정신을 수습하고 주위를 둘러보니 온통 한국말 간판들이다. 간판들을 읽느라 정신없는 나에게 들어오라는 목소리가 들린다. 행여 놓칠세라 세 분을 따라 들어갔다. 전부 한국 사람이다. 나 이제 살았구나! 스릴러는 여기서 막을 내렸다.

종업원이 안내하는 테이블로 가니 여자분 두 명이 앉아 계셨다. 두건 쓴 남자분이 나를 소개하니 두 사람 모두 내게 반갑다며 어서 자리에 앉으란다. 식탁에는 갈비가 지글지글 구워지고, 김치를 비롯한 여러 밑반찬이 차려져 있었다. 그 옆에는 영롱한 초록빛 소주까지! 한국 음식들을 보고 있자니 어찌나 황홀하던지, 보기만 해도 배가 불러왔다. 꽤나 긴장한 탓인지 고기는 잘 안 들어가고 소주만 술술 넘어갔다. 쉴새없이 술잔을 들이붓는 나를 세 분의 오토바이 맨들이 놀란 눈으로 바라봤다.

"제가 술을 꽤 잘 마셔서 놀랐지예? 신상을 많이 했거든요."

세 남자에게 뜻 모를 말 한마디를 날리고 또다시 소주잔을 털어넘겼다. 긴장이 풀리고, 배가 좀 부르니 그제야 앞에 앉은 분들이 눈에 들어오기 시작한다. 드디어 정식으로 서로를 소개할 시간이 온 것이다. 사실 이때부터 슬슬 취기가 돌아 알딸딸한 기분으로 이야기를 들었다.

우선 시애틀로 나를 초대한 사람은 터미널에서 내 배낭을 들어준 분이다. "아하, 그렇군요. 초대 쪽지를 보내주셔서 감사드립니다" 하고 다시금 인사를 드렸다. 사람들이 그분을 "P 변호사"라고 불렀다. 변호사님이 머리를 밀고, 오토바이를 타고 다니신 거구나… 라 생각하다가 곧바로 고개를 저었다. 이 무슨 편견인가, 변호사는 오토바이 타면 안 되고 머리 밀면 안 된다는 법이 어느 법전에 있단 말인가! 최순자, 네가 교사였을 때 어땠는지를 벌써 잊어버렸니? 너는 맨날 미니스커트 입고 이상한 모자 쓰고 다녔잖아!

내가 타고 온 바이크의 주인은 나보다 연상일 줄 알았더니 나랑 갑장이란다. 나이만 같은 게 아니라 고향도 같은 경상도다. 비록 부산과 대구지만 어쩜 기차나 버스에서 한 번쯤 스치지 않았을까? 반가워서 손을 잡고 마구 위아래로 흔들었다. 마지막으로 또다른 할리데이비슨의 주인이자 머리에 두건을 두른, 이민 온 지 근 30년이 되었다는 분은 이곳에서 사업을 하고 있었다. 두건이 어쩜 저렇게 잘 어울릴까? 소주 몇 잔이 들어가니 다들 더욱 멋져 보였다.

남자분들의 소개가 끝나고, 드디어 여자 두 분의 소개 시간이다.

두 분은 할리데이비슨 운전자들의 사모님이셨다! 처음에 보았을 때는 무척 젊고 아름다우셔서… 실례지만 솔직히 부인일 거라는 생각은 전혀 못 했다. 세 남자가 마중을 나왔고, 셋이서 오토바이로 세계 여행을 다닐 거라니 유부남으로는 상상도 하지 않았다. 싱글이거나 이혼남일 줄 알았건만. 하긴 빡빡머리 변호사의 존재에도 놀라버렸으니 할 말이 없다. 아, 내 빈약한 상상력이란. 잘못된 생각을 얼른 고치고 두 분과 인사를 나누었다. 반성의 의미로 소주 한 잔을 더 들이키고 있는데 한 분이 질문하셨다.

"어떻게 '여자' '혼자' '세계 여행'을 할 결심이 섰어요? 난 무서워서 엄두도 못 내는데."

사실 이건 내가 참 자주 듣는 질문이다. 그래서 순간 이곳의 참석자들을 생각지 않고 항상 해오던 대답이자 솔직한 생각을 말했다.

"제가 그리 오래 살지는 않았지만 살면서 잘했다고 생각하는 것이 몇 가지 있는데요, 첫번째가 일찍 이혼한 거고요. 두번째가 남들보다 좀 일찍 직장 그만두고 여행하기로 결심한…."

"어머나 어머나, 이혼이라니… 멋지시다. 우린 용기가 없어 못 하고 있는데!"

아직 대답도 덜 끝났는데 갑자기 탄성이 들리며 여성 두 분이 동시에 합창을 하신다. 그러고는 까르르 넘어가시는데 저편, 남자 쪽에서 또다른 합창이 들려온다.

"…우리 괜히 잘못 모셔온 거 아니야?"

오! 이를 어째 수습하나? 잉꼬부부들 앞에서 별소리를 다 했다. 술에 취해 분별력을 잃었다고 생각했지만… 뭐 부끄러운 것도 아니잖아. 나 혼자 묻고 답하고, 북 치고 장구 치고 다 했다. 허둥지둥 생각이 정리되기도 전에 입에서 말이 흘러나왔다.

"있지예, 제가 이혼을 잘했다는 기 아니고예. 그저 저랑 잘 맞지 않아서….”

좀 강도 있게 설명하려는데 이번에도 또 말을 끊으신다.

"여보 들었지? 잘 맞지 않으셨대.”

이러면서 한 분이 당장이라도 보따리 싸들고 날 따라오실 것 같은 목소리를 내셨다. 여기서 또 발동되는 나의 극소심증. 목 뒤로 식은 땀이 흘렀다. 그냥 농담삼아 한번 해본 소리일 텐데, 오십이 넘어도 성격 바꾸기란 참 어렵다. 남자 셋은 "쨍쨍씨를 잘못 모셔온 게야” 이러고 여자 둘은 "어쩜 그런 용기가 다 있으세요, 부러워요”라 말하는 상황에서 나는 아무 말 없이 은은한 미소를 머금고 조용히 소주잔을 채웠다. 부인 여러분, 남편들이 날 쏘아보는 게 보이지 않으시나요? 제발 자중해주세요…. 속으로 되뇌며 소주를 입안으로 털었다. 좌불안석일 때에는 소주를 마시는 것이 인생의 노하우다. 눈을 내리깔고 술만 퍼붓는 나를 다섯 분은 장난기어린 눈으로 바라보며 웃었다. (아마 그랬겠지? 기억이 잘 안 난다….)

그렇게 텅 빈 소주병으로 줄을 세울 무렵, 필름이 끊길락 말락 할 때쯤 나와 갑장인 분의 집으로 내 시애틀 숙소가 정해졌다. '시애틀'이라면 당장 떠오르는 영화 <시애틀의 잠 못 이루는 밤>. 그 유명한

'잠 못 이루는 밤'이 시작될 순간인가. 하지만 오늘은 하루 온종일 흥미진진했다. 좋은 사람들과 좋은 음식, 술을 들며 무척 즐거운 시간을 보냈는데 왜 잠을 못 이루겠나!

"나는 전생에 나라를, 하나도 아니고 수많은 나라를 구한 것이 분명해."

만족스러운 혼잣말을 한숨처럼 내뱉고는 깊어진 시애틀의 밤에 걸맞게 아주 깊은 잠에 들었다.

이러니저러니 해도 좋을 사족

내가 술자리에서 거듭 고맙다고 하자, 날 초대한 P 변호사가 이런 이야길 들려주셨다.

며칠 전, 친한 친구가 갑자기 돌아가셔서 장례식에 갔다 오는 길이었단다. 돌아오는 길에 사고가 나는 바람에 자동차가 재기불능이 되어, 변호사님은 도로에서 히치하이킹을 시도했다. 다행히 자동차 한 대가 금방 멈춰 섰고 변호사님은 도착지에 내리면서 자신을 태워준 사람에게 이 고마움을 어떻게 갚아야 될지 모르겠다고 인사를 드렸는데 그분이 그러더란다.

"내게 은혜를 갚고 싶다고요? 그러면 이제 당신이 다른 누군가를 위해서 좋은 일을 할 차례겠네요."

이 이야기를 듣고 나니 깨달음이 하나 생겼다. 그렇다. 이젠 나도 누군가에게 갚아야 할 차례다. 전생에 나라를 구한 덕분에 이번 생에 재미난 경험을 많이 했다면, 다음 생을 위해 나도 세상에 은혜를 갚아야지.

과연 내가 무얼 할 수 있을까… 고민하다가 글을 쓴다. 이런 좌충우돌 이야기라도, 누군가에게 읽혀서 조금이나마 여행 갈증이 해소되길 바라며!

2부

요리코에

대하여

여행은 만남의 연속이다. 이번에는 세네갈에서 만난 요리코에 대해 이야기해볼까. 세네갈의 첫 도착지였던 생루이에서 어느 유명한 카페 앞을 지나가다 동양인을 마주쳤다. 나는 그녀를 보고 "한국인?"이라 물었고 그녀는 나를 보고 "일본인?"이라 물었다. 둘 다 틀렸지만 근사치 오답이었으니 와하하 웃고는 친구가 되었다.

우리나라에 코이카KOICA♦가 있다면 일본엔 자이카JICA가 있다. 대학시절 국제관계학을 전공한 요리코는 자이카 대원으로서 1년 전 세네갈에 왔다고 한다. 전공을 살려 아이들에게 청결 교육을 가르치는 아주 멋진 일을 하고 있었다. 교육이라! 내가 나름 전직 교사였는

♦ 외교부 산하의 정부기관으로서 해외에 개발원조나 봉사단체 등을 지원한다.

데 함께할 수 있는 일이 없을까 고민하다, 아이들과 해오던 '연극놀이'를 떠올렸다. 곧장 요리코에게 논의해보았다.

"요리코상, 청결 교육 받는 아이들과 연극놀이를 해봐도 될까요?"

연극놀이가 뭔지 모를 그녀를 위해 내가 묵고 있던 호텔로 데리고 와 노트북에 간직해두었던 각종 놀이 사진과 영상을 보여주었다. 선생님을 은퇴한 뒤로도 다른 나라를 여행할 적에 아이들과, 때로는 성인도 함께 교류할 일이 있으면 종종 해오던 놀이다. 그녀는 매우 놀란 표정을 지었다.

"순자, 내일 당장 나랑 같이 아이들을 만나러 가자!"

이런 간결한 결재 절차라니! 코이카 단원에게 똑같은 제안을 했을 때 그들은 얼마나 많은 절차를 요구했던가? 이런 시원한 일 처리가 마음에 쏙 들었다. 다음 날 아침, 요리코가 아침 일찍 호텔 앞으로 나를 데리러 왔고, 우리는 함께 아프리카의 뜨거운 햇살을 맞으며 그녀가 일하는 학교로 향했다.

생루이는 커다란 세네갈강을 기준으로 관광지역과 빈민지역으로 나뉜다. 부자와 여행자들은 대부분 관광지역에 머물고, 가난한 사람들은 반대편 빈민지역에 살고 있다. 요리코가 일하는 학교는 빈민지역인 게트은다르Guet N'Dar에 위치해 있었다. 관광객들은 대체로 빈민지역에 갈 엄두를 못 냈고, 설사 가더라도 마차를 타고 간다. 하지만 요리코와 나는 걸어갔다. 호텔에서 학교까지의 그 여정을 아직도 잊지 못한다.

그녀의 뒤를 한참 따라가다가 빈민촌에 들어서자마자 "요리코, 요리코…" 하는 목소리가 여기저기서 들렸다. 그럴 때마다 요리코는 그들에게 다가가서 악수하고, 이마에 입을 맞추었다. 아이들은 뛰어와서 폭 안기기까지 했다. 어른들은 요리코를 불러 먹을 것을 주었는데, 내가 보기엔 선뜻 못 먹을 음식도 그녀는 넙죽넙죽 잘 받아먹었다. 요리코는 자기 옆에 멀뚱히 서 있는 나를 이끌고 그들에게 소개했다. 얼굴은 함박웃음에, 목소리는 어찌나 밝았는지! 그들의 대화를 자세히 들어보니 불어가 아니었다. 나중에 물어보니 현지어란다. 분명히 세네갈에 온 지 1년밖에 되지 않았다는데 제법 유창한 요리코를 보고 있자니 이루 말할 수 없는 감동이 마구 밀려왔다.

요리코는 일본에서 여행사를 운영하는 부모님 밑에서 부유하게 자랐다. 어렸을 때 가족 여행으로 하와이를 다녀오고 중학생 때에는 호주에서, 대학생 때에는 벨기에에서 1년간 유학하는 등 해외 경험이 풍부했다. 한마디로 손에 물 한 번 묻히지 않고 자란 사람이다. 하지만 그녀는 지금 파리가 득실거리는 거리에서 낡은 옷을 겨우 걸친 사람들의 손을 맞잡고 있다. 어쩜 저럴 수 있을까? 나는 지저분한 거리와 사람들에게서 풍기는 이상한 냄새 때문에 정신을 차릴 수가 없었는데….

영어와 불어, 현지어까지 섭렵한 그녀의 언어 능력도 놀라웠지만 내가 제일 놀라워했던 것은, 그녀가 세네갈에 와서 정착하는 동안 해낸 일이었다. 그녀는 우리가 걷고 있던 그 장터에서 3개월 동안 정어리를 손질했단다. 정어리는 생루이에서 굉장히 많이 잡히는 어종으로, 솥에서 한 번 끓인 후 건조시키는 과정을 거쳐 판매되었다. 그녀를 반기는 사람들은 대체로 그 시절에 함께 일한 동지들이었던 것이다. 요리코, 요리코… 마치 딸이 찾아온 것처럼 너무나 반갑게 맞아주신다. 요리코는 가시를 손질하는 일이 보통 힘든 작업이 아니라며 너스레를 떨었다. 그렇게 어려운 일을 한 달도, 두 달도 아니고 꼬박 세 달 동안 했다니 너무나 대단했다. "요리코상, 그 손 한번 만져봐도 될까요?" 하고는 그녀의 귀한 손을 꼬옥 잡아주었다.

손질된 생선은 세네갈의 주요 음식인 '체부젠Ceebu Jën'의 재료가 된다. 쉽게 말하면 생선덮밥 같은 요리다. 이후 나도 한번 먹어보았는데 처음에는 향이 강해서 먹기가 쉽지 않았다. 그래도 몇 번 먹다 보니 익숙해져 맛있더라. 나의 감상을 들은 요리코가 대수롭지 않게 한마디했다.

"순자상, 가끔 체부젠을 먹다보면 손질이 덜 되어서 생선에서 구더기가 나올 때도 있어요."

아주 천연덕스럽다. 그까짓 구더기쯤이야 뭐… 그런 느낌으로! 우리가 처음 만났던 날이 떠올랐다. 함께 맥주를 마시려는데 그녀의 맥주잔에 파리가 빠져 있었다(생루이, 이 동네에서 파리를 피하기란 몹시 어렵다). 요리코는 맥주잔에 빠진 파리를 손가락으로 건져내고 그 맥주를 그대로 마셨다. 웨이터에게 바꿔달라고 한 것도 아니고, 으악 소리친 것도 아니고. 난 이때부터 이미 예감하고 있었는지도 모른다. 요리코가 대단하다는 걸!

무엇이 요리코를 저리 강하게 만들었을까? 시간이 갈수록 그녀에 대한 궁금증이 더해졌다. 그녀와 한마디라도 더 나누고 싶어하고, 그녀의 손을 좀더 오래 잡고 싶어하는 사람들을 보고 있으니 '대통령이라도 저런 신임을 받을 수 있을까?'라는 생각까지 들었다.

그들을 뒤로하고 다시 학교로 향했다. 이윽고 그녀가 발을 멈춘 곳은 어시장 바로 앞에 있는 문화센터였다. 몇 년 전 일본 정부가 지은 건물로, 이곳 옥상이 요리코가 아이들을 가르치는 장소란다. 그녀를 따라 옥상으로 올라갔다. 이곳에서도 그녀의 이름을 부르면서 아이들이 여기저기서 달려온다. 요리코의 품에 안기는 아이들을 보는데 어딘가 울컥했다.

곧 수업이 시작되었다. 요리코와 다른 일본인 선생님 둘이서 멜로디언을 연주했고 아이들은 그에 맞춰 노래를 불렀다. 뒤이어 선생님들이 앞에서 율동하면 아이들은 까르르 웃으며 따라 했다. 그들 뒤로 펼쳐진 대서양 바다에는 갈매기가 날고 있었다. 나는 좀 멀찍이 떨어져서 아이들과 요리코를 바라보았다. 일본에서 이 먼 아프리카 세네갈까지 와서, 사람들에게 사랑을 뿌리는 장면이었다.

시간이 얼마쯤 지나자 요리코가 나를 부른다. 아이들에게 나를 소개하더니 이제부터 연극놀이를 이어가자고 말했다. 앞서 요리코에게 연극놀이에 필요한 현지어 몇 개를 배워둔 참이었다. 원래는 내가 영어로 말하면 요리코가 현지어로 통역하기로 했는데, 요리코가 좀더 효과적인 놀이를 위해 내게 직접 현지어로 진행해볼 것을 제안했다. 과연 가능할지 약간 의문이 들긴 했지만… 여느 때처럼 도전해보자!

　아이들과 함께 몇 가지 간단한 놀이를 해보았는데 아이들이 곧잘 따라와주었다. 가장 아이들의 반응이 좋았던 것은 '해당사항' 놀이였다. 이 놀이는 '우리집에 왜 왔니'처럼 두 팀으로 아이들을 나누고 서로를 마주보게 한 뒤, 각 팀에서 한 명씩 번갈아가며 조건을 외치면 그 조건에 해당되는 참가자가 상대 팀으로 옮겨가는 놀이다, 예를 들면 이렇다. 내가 "나는 바나나를 좋아한다!"라고 외치면 양 팀에서 바나나를 좋아하는 참가자가 상대 팀으로 자리를 옮기는 것이다. 아이들이 규칙을 이해할 수 있도록 내가 예시로 세 번쯤 외치고 아이들에게 신청을 받았다. 조건을 외칠 사람이 나와서 소리 높여 문장을 말해서 놀이가 이어지도록! 이 단순한 놀이를 처음으로 접한 아이들은 금방 놀이 속으로 빠져들었다. 나의 현지어를 아이들이 알아듣는구나! 요리코가 열심히 알려준 보람이 있다.

　내가 활동을 주도하고 있으니 조금은 쉬어도 될 텐데, 요리코는 아이들과 함께 아주 열심이었다. 해당사항 놀이 시간에는 아이들과 함께 손잡고 뛰었고, 연극을 할 때는 원숭이가 되었다가 최면술사도 되어가며 마음껏 소리를 질렀다. 모두가 외치는 기쁨의 함성이 멀리 멀리 퍼졌다. 무슨 일 있나 싶어서 동네 아가씨들이 옥상으로 올라올 정도였다.

　10년이 훌쩍 지난 지금, 내 앞에 맥주병과 유리잔이 놓여 있다. 맥주를 컵에 따르고 있자니 요리코의 얼굴이 겹친다. 혹시 파리가 이

맥주잔에 빠지면… 나도 그날의 요리코처럼 아무렇지 않게 파리를 스윽 건져내고, 맥주를 마셔볼까? 우리는 그날 이후 서로의 연락처를 주고받았고, 그녀의 블로그에는 2010년 그날의 기록이 올라와 있었다.

생루이에서의 어느 날, 아시아계 여성 한 분이 지나가는 걸 보았다. 눈이 마주쳤고, 우리는 서로에게 눈을 떼지 못했다. 이렇게 우리는 대화를 시작했다.

그녀의 이름은 순자. 한국인이다.
순자는 세네갈 사람처럼 머리를 땋아 묶고 있었다. 멋진 청바지에 화려한 셔츠를 입고는, 쇼킹한 분홍색 스카프를 목에 두른 채로 매우 밝게 웃는 사람이었다.
한국에서 교사로 일했다던 그녀는 학생들과 창작극 활동을 했단다. 사진을 보면서 나는 그녀가 참 독특하고 학생들에게 얼마나 인기 있는 사람이었는지 알 수 있었다. 지금은 은퇴 후 전 세계를 여행하는 순자. 그 무렵 3개월 동안 여행을 이어가고 있었고, 앞으로 2년은 더 여행할 계획이라고 했다. 여행 중 인연을 만들어가는 순자는 방문한 나라의 아이들과 신나게 놀기 위해 여러 학교를 방문했다고 한다.
"게트은다르 아이들과도 그렇게 한번 놀아요!"
나는 주저 없이 말했고, 그녀는 기쁘게 끄덕였다. 다음 날 우리는 내가 다니는 코란학교 가운데 한 곳을 방문했다. 그렇게 순자는 반짝

이는 눈망울과 마음이 아름다운 이곳 아이들을 만났다. 그녀의 눈에
도 눈물이 고인 듯했다. 나는 순자가 아이들을 대하는 태도와 놀아
주는 방식에 감탄했다. 그녀의 마음 역시 정직하다는 것을 알 수 있
었다. 그래서 다음 날 순자를 또 만났다. 내가 하는 또다른 활동에도
참여하기로 한 것이다. 아이디어와 유연한 사고방식, 사람을 끌어들
이는 에너지… 모든 것이 대단했다! 함께할 수 있어 즐거웠다.

믿을 수 없지만 순자는 50대였다. 그 나이대에서 이토록 쾌활하고
호기심이 많고, 자유롭고 활기찬 사람을 본 적 없다. '슈퍼 레이디'
순자! 내가 그 나이가 되었을 때에도 순자처럼 반짝일 수 있다면 좋
을 텐데. 나는 그녀의 일면밖에 보지 못했지만, 그럼에도 정말 많은
것을 배웠다.
나 자신에게 솔직해지기, 모든 것을 즐기기, 타인을 놀보기, 호기심
을 잃지 않기.
이 우연한 만남에 감사했다. 순자 같은 멋진 사람을 만났다는 것에
감사했다. 언젠가, 이 세상 어딘가에서 또 그녀를 만나고 싶다.

고마워요, 순자. 벌써 당신이 그립네요.

사랑이 식은 걸까,

문화가 다른 걸까?

♥

내가 외국인 애인에 대해 말할 때마다 주변 사람들은 대체로 이런 반응을 보인다.

"전생에 도대체 몇 나라나 구하셨나요?" "내 생애 단 한 번만이라도 쨍쨍처럼 살아보는 게 소원입니다." "외국 남자들 매너가 너무 좋지요?" "루이한테 아드님 있는지 좀 물어봐주세요."

다른 문화권의 사람과 사랑하는 것에 모두가 환상을 품는 건 어찌 보면 당연한 일. 하지만 막상 연애를 시작하면 기상천외한 경험을 할지도 모른다.

연인 사이의 돈에 대한 이야기를 한번 해볼까? 좀 더 자세히 말하자면 '벨기에 남자 루이'와 함께 살면서 겪은 돈에 대한 이야기다. 루이와 나의 이야기는 여기저기서 말한 적이 있는데, 단 한 번도 돈 문제에 대해 언급한 적이 없다. 그래서인지 사람들이 가끔 묻긴 하더라. "둘이 같이 살면 돈은 누가 내느냐?"고. 그에 대해 "더치페이를 합니다"라고 간단하게 대답한 적이 있지만, 저렇게 대답하기까지 과정이 좀 있었다.

2004년 1월, 인도 푸쉬기르를 여행하던 **중**에 과일가게에서 만난 루이와 첫눈에 반해 사랑에 빠졌다. 아마 생애 마지막으로 24시간, 3주 내내 온전히 사랑한 사람일 것이다. 무엇이 그렇게 매력적이었느냐고? 나와 너무 달라서였다. 실은 리처드가 준 교훈에 따라 여행지에서의 사랑은 여행지에 남겨두었고, 자연스레 루이와도 소식이 끊겼었는데, 5년 후 어느 날 갑자기 그가 한국에 왔다. 그때 나는 뉴욕을 여행하는 중이었지만 그를 만나기 위해 서둘러 귀국했고, 그와 다시 사랑에 빠졌다.

그렇게 루이는 약 두 달가량 한국에서 나와 함께 살았다. 그땐 그가 '나의 나라'에 방문해준 것이기에 이곳에서 든 경비는 대체로 내가 부담했다. 그후 학교 여행을 끝낸 나의 세계 여행이 시작되었다. 그 첫 나라가 루이의 나라인 벨기에였다. 처음 열흘 동안은 루이가 대부분의 돈을 내기에 그러려니 했다. 한국에서는 내가 냈으니까! 그러던 어느 날, 식료품점에서 물건을 샀는데 루이가 딱 자기 것만 계산했다. 그래서 이유를 물어보니 이제부터 개인물품은 각자 사자고 말하더라. 어라, 한국에서는 루이의 소모품도 다 내가 샀는데 싶어 그 지점을 따져 묻자 루이의 변론이 이어졌다. 한마디로 정리하면 '누가 내달라고 했냐?'였다.

"내가 돈 내려고 할 때마다 순자가 막았잖아. 이게 한국 문화야, 이러면서!"

나 원 참! 루이는 기억력도 좋다. 맞다, 고백하자면 내가 그랬다. 딱히 할 말이 없어 루이의 말대로 이후부터의 경비는 각자가 지불했다. 그것이 처음에는 영 어색하고 익숙하지 않았지만 더치페이를 몇 번 해보니까 이게 또 정말 편리했다. 물론 어찌 보면 인정머리 없어 보일지 몰라도 참으로 합리적인 방식이라는 생각이 들었다. 관계에 따라 사정에 따라 다르겠지만 우리에게는 그러했다. 그런데 어떤 일을 계기로 더치페이에 대해 재고하게 되었다.

그 일의 발단은 택배였다. 이때 루이와 나는 그리스 크레타에서 집을 렌트해 살고 있었는데, 일주일 전에 이곳으로 도착하게끔 독일에서 미리 주문해두었던 내 택배가 엉뚱하게도 옆 도시인 레팀노에와 있다는 연락을 받았다. 그날 우리집, 내 손에 있어야 하는데 어쩌다 그리로 가게 된 거지? 연락을 준 사람은 택배가 사무실에 있으니, 오늘 받고 싶으면 여기로 찾으러 오고 아니면 수요일까지 기다려야 한다고 말했다. 가깝다고는 하나 레팀노에 가려면 버스나 차를 이용해야 한다. 그래서 차가 있는 루이에게 같이 다녀오자 말했는데, 당연히 따라나설 줄 알았던 루이가 고개를 저었다.

"수요일에 온다며, 그때까지 기다리자."

"안 돼, 그 짐에 김치 들어 있어. 오늘 안 가면 쉬어버릴 거야. 그러니 오늘 가자." 그러자 루이가 이렇게 말했다.

"오늘 가려면 네가 기름값을 내든가."

'기름값을 내라'는 바로 이 부분이 나를 무척이나 놀라게 만들었다. 기가 막혀! 태연한 루이의 얼굴을 몇 초 정도 빤히 보다 결국 소리를 질렀다.

"기름값? 기름값을 내라고?"

우리가 그래도… 한 이불 덮고… 아니… 그런데… 흥분하면 말이 잘 이어지질 않는 탓에 더듬더듬 말문을 여는데 루이는 전혀 이해할 수 없다는 표정을 지었다.

"순자, 뭐가 문제야?"

"…몰라서 묻니? 아니, 기름값이라니… 넌 내가 만든 음식은 안 먹을 거야? 그거 우리가 같이 먹을 식료품이야. 게다가 그게 얼마나 비쌌는지 알아?"

독일에서 주문한 한국 식품이니 값을 배로 더 쳐서 구매한 식료품이었다. 택배를 찾아오면 루이도 같이 먹을 게 빤한데, 기름값까지 나보고 내라 하니 흥분하지 않을 수가 없다.

"허, 좋아! 기름값 내면 이제부터 내가 만든 음식 먹지 마!"

이런 유치한 소리까지 하고 말았는데, 돌아오는 대답 또한 걸작이었다.

"안 먹어. 그렇지 않아도 다이어트하려고 했어."

이런 여유를 부리는 루이를 보면서 나만 점점 초라하고 불쌍해 보였다. 내가 이상한 건가? 이 일로 무려 3일 동안 혼자 끙끙 앓았다.

루이는 이 일로 흥분하고 토라진 나를 전혀 이해하지 못했고, 나는 우리 둘이 같이 먹을 물건을 찾으러 가는데 기름값 내라는 그를 이해하지 못했다. 그러다 문득 떠오른 한 장면이 있었다.

그리스에 오기 전, 루이의 차로 유럽을 여행하다 프랑스 프로방스에 살고 있는 루이 친누나를 방문한 적이 있다. 누나 집에 차를 세워두고 모로코로 떠나기로 한 우리는 버스정류장까지 누나의 차를 얻어 타게 되었는데, 헤어질 때 루이가 누나의 손에 20유로쯤 되는 돈을 쥐어주는 걸 보았다. 그때 말은 하지 않았지만 상당히 놀랐다. 한국인이었다면 "뭐 이런 걸 주니?" 하면서 누나가 그 돈을 사양할 만한 상황이지 않나. 하지만 돈을 받은 누나는 루이에게 활짝 웃으면서 고맙다고 인사했다. 동생을 버스정류장까지 데려다주는데 돈을 주고받는 그 장면을 떠올리니, 마냥 루이를 나쁜 사람으로 몰아가던 내 마음이 신기하게도 좀 가라앉았다. 그래, 남매간에도 돈이 오가는데 나하고 루이는 부부도 가족도 아니니 그럴 수도 있겠네…. 그러자 또다른 장면이 하나 떠올랐다.

몇 년 전, 독일 여행 중에 친구 부부와 친구의 어머님과 함께 점심식사를 했다. 다 먹고 계산하려는데 우리 따로, 친구 부부 따로, 칠순이 넘으신 그 친구 어머님 따로 밥값을 지불했다. 그때 내 상식으로는 도저히 이해되지 않는 장면이었다. 어머니 밥값을 자식이 내지 않는다니! 이러는 내가 너무 중늙은이 같은가? 어라, 가만 생각해보니 비슷한 경험은 또 있었다. 캐나다 친구인 에이미 모녀와 나까지 셋이 함께한 식사자리에서도 엄마와 딸은 식사비용을 각자 계산했다. 일정 나이가 되어도 독립하지 않았다며 당당히 자식에게 방값을 요구하던 미국 친구의 부부도 머릿속에서 튀어나왔다.

이런 장면들을 떠올리니 루이가 아예 이해되지 않은 것은 아니었다(내가 그를 이해하기 위해 얼마나 애쓰는지 보이는가). 그래서 2박 3일간 끙끙대다가 마침내 입을 열었다.

"루이, 얼마면 되겠어?"

아주 쿨한 척 물었다.

"음… 여기서 레팀노까지 60킬로미터쯤 되니, 20유로?"

"그래! 20유로 줄 테니 집 찾으러 가자!"

저 말을 하기까지 참 많은 갈등이 있었다. 이놈하고 갈라서, 말아? 남들한테 말하기 부끄럽다. 내 우짜다 이런 쪼잔한 놈을 만났노? 엄마가 이런 사실을 아시면 "온 천지를 그래 돌아댕겨도 저런 놈밖에 없더나?"라고 안 하시겠나. 엄마 목소리가 귀에 앵앵거린다. 그놈의 20유로 때문에 정말 많은 생각이 오갔던 며칠이었다. 하지만 '문화의 차이'라는 거대한 흐름에서 답을 찾고 보니 기분은 확연히 풀렸다. 하지만 분명 누군가는 그러겠지.

"순자, 그건 문화의 차이가 아니라 개인차 아닐까? 아님… 루이의 사랑이 식었거나?"

글쎄, 어느 쪽이었을까? 개인적으로는 14년이 지난 지금, 과거에 써둔 이 글을 읽고 고쳐 쓰고 있자니 그저 입가에 웃음이 번진다. 고작 20유로 때문에 골머리를 앓는 내 모습이 참으로 가관이구나. 그저 20유로 주면 될 것을, 혼자 사랑이 식었네 마네… 생각할수록 웃긴다! 저 일을 겪고도 내 곁에 있어준 루이가 참으로 고맙다.

여기저기 한없이 철없는 내 모습이 불쑥불쑥 나오니, 이거 참 부끄럽군! 하지만 추억은 아름다워라. 순자, 하고 저음의 목소리로 내 이름을 부르던 그를 지금까지도 사랑한다. 비록 헤어졌지만. 아, 간만에 루이도 그립구나!

케이프타운에서

벌어진

한중일 요리대전

에티오피아, 탄자니아, 말라위, 잠비아를 거쳐 드디어 아프리카 여행의 종착지인 남아프리카공화국의 케이프타운에 도착했다. 유럽과 미국을 섞어놓은 듯한 케이프타운에 도착한 후에야 실감했다. 나의 아프리카 여행은 이곳에서 끝난다는 것을. 여행의 끝을 알리는 마지막 장소답게 느긋하고 아름다운 동네였다.

케이프타운에 머무는 동안 많은 시간을 '캣 앤 무스 백패커스'에서 머물렀다. 케이프타운에는 많은 숙박업체가 있는데 이곳을 선택한 하나의 확실한 이유가 있다. 바로 캣 앤 무스 백패커스의 부엌시설이 참 좋다는 소문을 들었기 때문이다. 장기 여행을 하다보면 음식을 직접 해 먹어야 할 때가 많다. 음식을 잘하려면 물론 솜씨가 좋아야 하지만 시설 좋은 부엌을 만나는 것도 중요하다.

캣 앤 무스 백패커스에 묵었던 여행 친구의 강력한 추천을 듣고 와보니 정말 말 그대로였다. 거의 모든 조리기구들이 갖추어져 있는 것은 물론이고, 정리정돈이 너무나 깔끔했다. 씻어놓은 조리기구들에 반짝반짝 빛이 날 정도였다! 부엌을 사용하는 게스트들이 사용 규칙을 잘 지키기도 했지만, 가만 보니 스태프들이 와서 시시때때로 위생 상태를 점검했다. 그러니 어찌 깨끗하지 않을 수가 있겠어! 요리할 맛이 참 제대로 나는 곳이다.

간혹 블로그에 외국에서 만든 음식 사진을 올리면 이런 질문을 받는다.

"쨍쨍님, 한국 식재료를 배낭에 넣어 다니나요?"

대답은 '아니오'다. 장기 여행을 다닐 때 식재료는 자리를 많이 차지한다. 게다가 요즘에는 해외에서도 한국 식재료를 그리 어렵지 않게 구할 수 있다. 유학생이나 한국 이민자들이 많이 살고 있는 곳이라면 상상하는 것보다 더 큰 한국 슈퍼마켓이 있다. 런던이 그랬고 (런던 한인 마트에서는 생선회도 판다), 밴쿠버는 말할 것도 없고, 심지어 아일랜드의 작은 슈퍼에서도 김치를 만날 수 있었다. 웬만한 유럽 수도에는 한인 마트가 있다고 보면 된다. 특히 파리에서는 어디를 가야 하나 고민할 정도로 오페라하우스 근처에 한인 마트가 아주 많았다! 만약 한인 마트가 없다면 아쉬운 대로 아시안 마트를 이용하면 되었다.

여기 케이프타운도 예외가 아니었다. 한국 식품점이 무려 세 개나 있었다. 그곳에서 오랜만에 보는 한국 식품들을 잔뜩 샀다. 그리고 깨끗한 이곳 부엌에서 거의 3개월 동안 먹지 못했던 한국 음식들을 만들어 먹기 시작했다.

제일 먼저 '하얀' 쌀밥을 지었다. '하얀'을 강조한 이유가 있다. 아프리카에선 그냥 맨밥을 만나기 참으로 힘들다. 물론 집에서 요리한다면 문제될 게 없겠다. 하지만 난 여행자니까 거의 모든 끼니를 식당에서 해결했다. 아프리카 식당에서 '라이스'를 주문하면 십중팔구 '조리된' 밥을 먹게 된다. 그냥 밥을 짓는 것이 아니라 밥에 뭔가를 첨가하는데 그게 올리브기름일 때도 있고, 소금일 때도 있고 채소일 때도 있었다. 한마디로 어딜 가나 간이 된 밥이 나왔다. 몇 번 먹기까진 좋았다. 하지만 자꾸 먹다보면 나도 모르게 맛이 슴슴한 하얀 쌀밥을 찾게 된다. 이런 이유로 그립고 그리웠던 김 모락모락 나는 하얀 쌀밥을 제일 먼저 지었다. 아, 이 얼마나 오랜만에 먹어보는 하얀 쌀밥인가!

하얀 쌀밥 다음으로 만든 것은 닭개장이다. 무려 고사리까지 넣었다. 고사리를 이 먼 아프리카에서 만날 줄은 상상도 못했다. 좀 비싸긴 했지만 음식 향수병이 더 커지기 전에 먹고 싶은 것을 실컷 먹기로 작정했다. 오늘 먹고 싶은 것을 내일로 미루지 않는다. 이게 나의 음식 철학이라고나 할까? 이곳에 머물며 알게 된 영국 친구 필립에게 코리안 치킨수프라며 맛보였더니 엄지손가락까지 치켜들며 아주 맛있게 먹더라.

호스텔에서 음식을 하면 혼자 먹을 때도 있지만 다른 사람들과 함께 먹을 때도 종종 있다. 먹을 때 옆에 누군가 있으면 괜히 한번 권해본다. 비빔국수를 만들었을 때도 주위에 있는 투숙객들에게 조금씩 나누어주었더니 너무나 맛있게 먹었다. 고추장을 넣어서 맵다고 하지 않을까 걱정했었는데 기우였다. 다들 얼굴이 빨갛게 달아오른 채로 맛있다고 너스레를 떨었다. 그렇지, 매콤 달달한 비빔국수는 어디에서나 누구에게나 인기다.

여행을 다니기 전에는 사실 한국에서 김치를 담가본 적이 딱 한 번밖에 없었다. 대학교 1학년 때였지 싶은데, 자취방 주인아주머니의 코치를 받아가며 담근 기억이 전부다. 그후로는 거의 다 사 먹거나 부모님 집에서 받아다 먹었다. 그런데 장기 여행을 하게 되면서부터 김치 담그기는 일상이 되어버렸다. 특히 그리스에서만 약 1년을 살게 되면서부터는 한 달에 두 번 정도는 김치를 담갔더니, 어느새 한국 가면 김치 장사를 해볼까 싶을 정도로 김치는 자신 있는 음식이 되어 있었다.

그러다 이곳 호스텔 근처 슈퍼에 갔는데 오호라, 매대에 배추가 떡하니 놓여 있다. 아프리카에서 배추라니, 게다가 값도 싸다. 싼 배추를 보니 엄청나게 비쌌던 그리스 크레타섬의 배추가 생각난다. 한 포기에 무려 8,000원이 넘었던 그 금배추! 저렴한 가격에 신이 나서 김치를 담근다고 여러 가지 재료를 다듬고 있으니 그런 나를 제일 흥미롭게 보는 사람들은 일본 여행자들이었다. 이 호스텔은 일본인들의 아지트라고 할 정도로 날마다 일본 여행객들이 오고갔다. 이 친구들은 내 주위를 왔다갔다하면서 "기므치 기므치" 했다. 김장을 끝내고 그들에게 겉절이를 좀 주었더니 얼마나 맛있게 먹던지! 그중 한 사람은 김치와 쌀밥을 먹으면서 나를 '어머니'라고 불렀다. 맨쌀 밥 하나로 아시안이 대동단결하는 순간이었다.

일본 여행자들 다음으로 내 음식을 좋아하는 친구가 있었다. 앞서 슬쩍 등장했던 영국인 필립이다. 오로지 서핑을 위해 이곳에 왔다는 그는 영국에서 오랫동안 중국 음식점에서 일했다고 했다. 그래서 그런지 매운 음식을 아주 잘 먹었다. 하루는 김치를 주었더니 그가 하얀 쌀밥 대신 빵에다 김치를 얹어 먹었다. 빵과 김치, 처음에는 뜨악스러웠지만 한번 맛보니 이거 제법 멋진 조합이다. 필립과 나는 숙소에 머무는 시간이 가장 많은 사람들이었다. 여행자라면 무릇 아침식사 후 볼거리를 찾아 밖으로 나서지만 우리는 대체로 호텔 안에서 유유자적했다. 내 대부분의 시간은 요리하는 데 쓰였기에 내가 음식을 하면 필립이 먹어주는 그림이 자주 펼쳐졌다. 내가 한 음식을 누군가 맛있게 먹어주면 그만한 기쁨이 또 어디 있겠는가. 필립도 가끔씩 요리를 하긴 했다. 오트밀이나 파스타 정도였다. 오트밀엔 깜찍하게도 바나나와 꿀이 들어 있었고, 파스타도 '한 번 정도는' 먹을 만했다. 하지만 그 이상은…. 그래서 내가 자주 요리했다. 필립은 좋은 친구 만난 게지!

캣 앤 무스 백패커스의 부엌은 저녁시간이 되면 투숙객들로 붐볐다. 장기투숙객들이 요리할 때에는 나름 순서가 있다. 첫번째 주자는 한국 대표, 나 쨍쨍이다. 오늘은 전 세계 어디서나 할 수 있는 닭볶음탕을 만들었다. 레시피 같은 건 필요 없다. 눈을 감고도 만들 경지에 올랐으니 오로지 창조만이 있을 뿐이다. 닭하고 채소, 매운 양념과 진간장만 있으면 된다. 처음엔 고추장이나 고춧가루가 없으면 안 되는 줄 알았는데 자주 해보니 이가 없으면 잇몸이다. 케이프타운 한국 식품점엔 당면까지 있었으니 이날의 닭볶음탕엔 당면이 추가되어 완전한 요리가 만들어졌다.

내 뒤로 두번째 주자들이 등장했다. 바로 일본 선수들이다. 젊은 친구들 몇몇이 요리를 시작했다. 오늘도 어제와 마찬가지로 파스타다. 거의 날마다 파스타를 해 먹는 일본 친구들을 보면서 파스타의 원조가 사실은 일본인가 하는 의구심까지 들었다. 파스타는 그야말로 그들의 주식이었다.

아주 간단하게 요리를 끝낸 일본 선수들 다음으로 등장하신 분들은 바로 장기투숙 중인 중국인 남매다. 두 사람은 이 호스넬 내에서 마사지숍을 운영하고 있었다. 나도 두 번 정도 마사지를 받아보았는데 가격 대비 효과가 훌륭했다. 여기서 이미 1년 이상 살고 있으니 터줏대감인 셈이라 그들의 음식 보관함엔 여러 가지 중국 소스들이 가득 들어 있었고, 그 양념들로 날마다 아주 맛있는 중국요리를 완성해냈다. 중국 대표인 류의 요리는 과정까지 무척 화려했다. 지지고 볶고, 무슨 쿠킹 쇼를 보는 것 같았다. 연기가 올라왔다가 지지직 타는 소리가 들렸다가, 냄새는 또 얼마나 좋은지…. 그저 침이 넘어갔다. 어디 요리책에서나 봤음직한 중국요리들이 눈앞에서 만들어지는 게 마냥 신기했다. 류가 요리하는 모습을 감동 섞인 눈빛으로 보고 있노라면 꼭 "순자, 이리 와서 같이 먹자"라 말해주었다. 오호, 이 한마디를 얼마나 기다렸던가!

어느덧 시간이 흘러 케이프타운의 마지막날 밤, 우리는 다 함께 작은 파티를 열었다. 초대 손님은 영국인 필립, 콜롬비아인 파비안, 한국인 호영 그리고 호스텔 매니저 존이다. 나는 열과 성을 다해 마지막이 될 닭볶음탕과 김치를 만들었다. 다들 얼굴에 약간의 홍조를 띠면서 음식을 먹었다. "맵지?" 물었지만 "노 프러블럼 앤드 베리 딜리셔스"란다. 특히 한국인 유학생이었던 호영에게는 힘들 때 먹으라고 김치 한 통을 선물했다. 이후 호영은 내가 적어준 레시피대로 생애 첫 김치를 담갔다며 인증 사진을 보내왔다.

그리운 나의 케이프타운 키친, 언제 또 가볼까?

긴

하루

　『어느 멋진 하루』라는 책 제목도 있던데, 이날에 제목을 붙인다면 '멋진'이 아니라 '긴' 하루 되겠다. 정말이지 아주 긴 하루였다.

　2009년 12월의 나는 모로코를 여행 중이었다. 하지만 세네갈에 갈 계획은 없었다. 세네갈은 당시 함께 여행 중이던 루이의 추천이었다. 이름만 들어온 나라지만 호기심이 생겼으니 가봐야겠다. 언제나 내 여행에 계획은 없으니까. 지도를 보아하니 모로코에서 세네갈까지 육로로 갈 수 있겠다 싶었다. 얼른 가는 방법을 알아보니 한국인이 세네갈에 가려면 비자가 필요하고, 모로코의 수도 라바트에서비자를 받을 수 있단다. 루이는 미리 벨기에에서 세네갈 비자를 받아왔기에 마라케시에 머물기로 했고, 나 홀로 씩씩하게 라바트까지이동해 세네갈 대사관에 찾아갔더니 웬걸, 그곳에서는 차로 한 시간

거리인 카사블랑카에서 받을 수 있단다. 그렇게 멀지는 않으니 꾸역꾸역 카사블랑카에 가보았다. 그랬더니 이번엔 이런 대답을 받았다.

"세네갈 비자는 한국에서 받아오셔야 합니다."

으음, 세네갈에 가지 말라는 하늘의 신호렷다! 수긍하며 포기하려는데 직원이 "이런 방법도 있어요"라고 덧붙인다. 말인즉슨, 모로코에서 세네갈까지 육로로 가려면 반드시 '모리타니'라는 나라를 거쳐야 한다. 그러니 모로코에서 모리타니 비자를 받고, 세네갈 비자를 모리타니에서 받으면 된단다. 뭐가 이리 복잡해…. 그래도 여기까지 왔는데 포기할 수는 없지. 내 여행에는 계획도 없지만 포기도 없다! 그리하여 나의 긴 하루가 시작된 것이다.

카사블랑카에서 또다시 짐을 꾸려 아침 일찍 라바트로 향했다. 모리타니 대사관에 갈 참이었다. 아침부터 비가 추적추적 내리는 날이었다. 처마도 없는 대사관 앞에는 이미 80여 명쯤 되는 사람들이 대사관 문이 열리기만을 기다리고 있었다. 그중 대다수가 프랑스 사람들로, 무려 여기까지 자동차를 몰고 온 사람들이었다. 처음에는 따뜻한 세네갈에서 크리스마스를 보내려나… 하는 낭만적인 이유를 생각했는데 그게 아니란다. 함께 대기 중이던 어떤 프랑스 사람이 말해주기를, 이렇게 많은 프랑스인이 차를 끌고 세네갈에 가는 이유는 이미 중고를 넘어 폐차 직전의 차를 세네갈에 팔기 위해서란다. 프랑스인은 세네갈에 무비자로 머물 수 있지만, 모리타니 비자가 필요해서 기다리는 중이라는 설명도 덧붙였다. 음, 나 같은 낭만 여행자들인 줄 알았는데 전혀 아니었군! 그와 이런저런 대화를 나누다보니 드디어 대사관 문이 열렸다. 긴 기다림 끝에 겨우 서류를 접수시키고 나니 오전 11시경이었다. 대사관 직원은 내게 오후 4시에 비자를 받으러 오라고 안내해주었다.

오후 4시면 아직 시간이 많으니 나의 무거운 '핑크 트렁크'를 어딘가에 맡기고 라바트 시내를 돌아다니기로 했다. 이곳에서 1박을 할 생각은 없었기에 비자를 받고 곧장 라바트역에서 기차를 타면 되지 않을까? 기차역에는 대부분 수화물보관소가 있으니, 짐도 거기다 맡기면 되겠다! 그렇게 기차역에서 오후 5시 50분 마라케시행 기차표를 구매하며 직원에게 수화물보관소가 어디에 있는지 물었다. 그런데 그런 곳은 없단다. 아니 기차역에 수화물보관소가 없다니! 혹시 몰라 짐이 적재되어 있어 수화물취급소처럼 생긴 곳에 찾아가보았지만 무슨 규정이 있는지 직원은 맡아줄 수 없다고 말했고, 기차역 앞에 있는 약국과 레스토랑에 가서도 사정을 이야기해보았지만 돌아오는 대답은 전부 "안 된다"였다. 소정의 금액을 줄 수 있다고, 테이크 마이 머니! 외쳐보아도 모두가 이 분홍색 트렁크를 맡아줄 수 없단다. 무거운 트렁크를 끌고 다니느라 체력이 부쳐 씩씩거리고 있는데 "아이 캔 스피크 잉글리시!"라 말하며 다가오는 두 여학생이 있었다.

"마담, 도와드릴까요?"

내리 거절만 당하다 도와준다는 말을 들으니 어찌나 고맙던지. 그들에게 내 사정을 말하니 "마담, 걱정하지 마세요. 우리가 도와줄게요"란다. 그러더니 두 사람은 이미 내가 가본 장소들을 들르기 시작했다. '야드라, 거긴 이미 내가 다 가본 곳이야' 하며 말리고 싶었지만 현지인이 말하면 들어줄지도 모르니 그대로 두었다. 하지만 그들 역시 나처럼 여기저기서 '안 된다'는 말을 들었고, 분기탱천했는지 수화물취급소에서는 분노의 랩을 쏟아냈다. 물론 나 말고 수화물취급소 직원한테. 그러고는 풀죽은 강아지들처럼 돌아왔다.

"마담, 아이 엠 쏘리."

"아니, 그대들이 미안해할 필요는 없어. 다만 규정을 좀 바꾸어달라고 해주라. 기차역에 여행자들 가방 맡기는 곳 좀 만들어달라고!"

웃으며 말해도 거듭 미안해하는 그녀들에게 괜찮다 말하고는 다시 힘내어 트렁크를 끌었다. 핑크 트렁크 맡기러 3만 리!

그렇게 찾아낸 나의 안식처, 아그달역 코앞에 있는 이비스IBIS 호텔이다. 이비스는 수많은 도시에 자리한 호텔 브랜드인데, 가격이 적당하고 편의시설도 좋은 것으로 정평이 나 있다. 호텔 프런트 직원에게 물어보니 투숙하지 않으면 짐을 맡아줄 수가 없단다. 여기도 안 되나 하고 돌아서는데 호텔 로비 곳곳에서 사람들이 노트북을 펴놓고 있는 모습이 보였다. 투숙객이 아니어도 있을 수 있구나? 무거운 트렁크를 끌고 무작정 로비 한구석에 앉아 노트북을 꺼냈다. 그런데 여기, 와이파이를 무료로 제공하는 것 아닌가! 트렁크를 어디다 맡기느냐는 이미 머릿속에서 사라진 지 오래였다. 시내 구경은 포기하지, 뭐. 그렇게 나는 열심히 인터넷 서핑을 시작했다. 그러다 압둘라를 만나게 되었다.

로비 옆 라운지에서 간단히 점심을 해결하려는데, 식당까지 짐을 질질 끌고 가기는 어렵겠다 싶어 옆 사람에게 잠시 내 짐을 봐달라고 부탁했다. 그 사람이 바로 압둘라였다. 그는 팔레스타인 출신이었다. 팔레스타인 사람과는 처음 만나는 것이라 신기해했더니, 현재는 팔레스타인에서 살고 있지는 않고 일 때문에 이 호텔에서 머물고 있다고 말했다.

점심을 먹고 돌아와 압둘라와 대화를 이어가는데, 그는 진정 '천재'라 불릴 사람이었다. 요르단에서 공부하고 정부 장학금으로 영국에서 1년간 유학했다는 압둘라는 국제적인 컴퓨터 브랜드 회사 소속으로, 직원들에게 기술을 가르치러 인도, 파키스탄, 네팔, 모로코, 중국 등 세계 각지로 출장을 다니고 있단다. 그러니 영어는 말할 것도 없고 불어와 모로코어, 스페인어까지 유창하게 구사했다. 이야기를 들으면 들을수록 그는 천재가 틀림없었다. 감탄스러운 이력을 가진 그와 이런저런 대화를 나누었더니 어느덧 모리타니 대사관으로 향할 시간이 되었다.

"압둘라, 고마웠어."

그와 작별 인사를 나누고는 낑낑거리며 트렁크를 끌고 택시 승강장으로 가려던 때였다.

"순자, 그 트렁크 내 방에 보관해줄게. 비자 받고 와서 찾아가."

"세상에, 그래 주면 너무 고맙지! 그럼 얼른 다녀올게. 잠시 후에 보자."

압둘라의 배려 덕분에 한결 가벼워진 손으로 택시를 타고 모리타니 대사관에 도착한 시각이 오후 3시 40분경이었다. 대사관 앞은 아침과 마찬가지로 엄청난 인파가 몰려 있었다. 곧 4시가 되고… 4시 30분이 되고… 5시가 되었다. 다리도 아프고 영 지겹다. 프랑스 사람들은 삼삼오오 모여 이야기꽃을 피우는데 백여 명 중에 동양인은 오로지 나 한 사람이었다. 힘들고 심심한 것을 넘어 이제는 외롭다. 불어를 좀 배워둘 걸 그랬나? mp3 기계 ―때는 2009년이다―에 저장해온 오디오북 가운데 김원일 소설가의 『마당 깊은 집』을 틀었다. 그러자 이국적인 풍경 위로 귓가에 불어와 한국어가 반반 들려왔다.

오후 6시, 사람들이 서서히 먹을 걸 들고 온다. 장기전을 대비하는 걸까? 두 시간이 지났는데도 대사관 문은 열릴 기미가 보이질 않는다. 주변 사람들은 이제 앉은 자리에서 담배도 풀풀 피워댄다. 금연한 지 이제 막 1년이 되어가는 내게는 너무나 큰 유혹이었시만 꾹 참았다. 두 시간 넘게 기다리니 추위와 허기까지 몰려왔다. 혼자 아무 말 없이 쪼그리고 앉아 있는 게 안돼 보였는지 누군가 내게 사탕을 건넸다. 단것을 별로 좋아하지 않지만 배고프니 감사히 받아 입으로 직행했다.

예매해둔 기차표는 이미 날아간 지 오래다. 마라케시에 남아 있던 루이가 밤 10시에 마중을 나오기로 했는데, 이건 또 어쩐담. 그리고 압둘라, 압둘라에게 5시쯤이면 호텔로 돌아올 수 있을 것이라 말했으니 그도 나를 기다리고 있을 터였다. 두 남자가 나를 하염없이 기다리게 생겼다. 머리가 복잡한데 설상가상 오후 내내 쨍쨍하던 하늘에 갑자기 먹구름이 끼더니 부슬부슬 비까지 내린다.

사실 이때부터는 비자보다 혹시나 압둘라가 내 트렁크를 어떻게 하지 않았을까 걱정이 들기 시작했다. 믿지 못하겠으면 맡기지도 말았어야 했는데, 나는 같은 실수를 또 저지르고 마는구나. 기다림에 지친 나는 온갖 잡념들에 사로잡혀 있었다. '그렇게 사람 쉽게 믿지 말자고 몇 번이나 다짐했는데!' 하다가도 '트렁크, 까짓것 뭐 중요하다고. 다 잃어버려도 아까울 것 하나 없잖아' 하며 스스로를 위로하다가 의심하기를 반복했다. 스스로 내 머릴 쥐어박고 싶었다.

오후 7시. 아무리 기다려도 대사관 문이 열릴 조짐이 보이지 않았다. 사람들은 여전히 문 앞을 지키고 있었다. 기다림에 지친 어떤 여자는 대사관 문을 발로 차면서 "비자 줘!" 하고 소릴 질렀다. 나는 함께 발길질하기보다 자리를 박차고 호텔로 돌아가기를 택했다. 호텔로 가는 동안 어찌나 불안하던지, 상상으로 드라마를 쓰기 시작했다. 몇 편의 드라마가 완성되었다가 수정되기를 몇 차례, 드디어 택시가 호텔에 도착했다. 로비에 들어선 순간… 아! 저기 압둘라가 있다. 어찌나 반갑던지 달려가 압둘라를 포옹했다.

"압둘라, 오랜 시간 동안 맡아주어서 너무 고마워! 그런데 있잖아, 비자는….""

압둘라에게 상황을 설명하고는 너무 피곤하니 오늘은 이 호텔에서 자고, 내일 아침 다시 가보겠다고 말했다. 그런데 프런트에 가서 예약하려고 보니 방이 없단다. 오랜 대기로 몸은 지칠 대로 지쳤고, 비까지 맞아서 으슬으슬 춥기까지 했다. 내 옆에서 방이 없다는 말을 함께 들은 압둘라는 자기 방이 작아서 재워주지 못해 미안하단다. 괜찮다고 그를 안심시키며 다른 호텔로 가려는데, 그가 잠시 기다리라며 노트북으로 무언가를 확인하고는 나보고 자기 방에서 묵으라 말했다. 당신은 어쩌느냐 물었더니, 원래 내일 숙소를 옮기려고 했는데 지금 옮기겠단다. 아마 하루 일찍 체크인이 되는지를 확인해본 모양이었다.

"안 그래도 되는데! 그치만 압둘라, 너무 고마워…!"

피곤한 나머지 사양할 힘도 남아 있지 않았다. 그래서 감사 인사나 잔뜩 건넸다. 타국에서 낯선 동양인에게 베풀어주는 친절에 마음 어느 한구석에서 뜨끈한 무언가가 울컥 올라왔다.

앞서 대사관으로 떠나기 전, 그와 짧은 대화를 나누며 팔레스타인 출신이라는 그에게 물었다.

"당신 나라는 어디 있어Where is your country?"

문장 그대로 위치를 묻는 질문이었다. 대충 '지도상 이스라엘에서 어디어디 지역이야~' 같은 대답을 기다렸는데 그는 이렇게 말했다.

"잃어버렸어we lost our land."

생각지도 못했던 대답이었다. "잃어버렸다고?" 되물었을 때 그는 "곧 되찾을 거야"라고 답했다. 뉴스에서 본 이스라엘과 팔레스타인의 싸움들이 파노라마처럼 펼쳐지며 가슴이 아팠다. 팔레스타인이나 이스라엘은 내게 '복잡하고 어려운 정치적, 종교적 이유가 엮여 있군' 하고 넘기던 나라였다. 하지만 2009년에 만난 압둘라 한 명으로 인해 더이상 완전한 남의 나라라는 생각이 들지 않는다. 여행을 다니며 참 많은 인연을 만들었고, 그들은 지금도 내 마음 한편에 '친구'라는 이름으로 자리하고 있다. 압둘라도 마찬가지다. 팔레스타인은 이제 내 친구의 나라다.

"그럼 압둘라 가족들은 어디에 살고 있어?"

"부모님과 여동생은 레바논에 있어."

"그래? 레바논… 언제가 될지는 모르지만 어쩌면 거기 갈지도 몰라. 나는 어디든 가니까."

나의 대답을 들은 압둘라는 레바논에 있는 부모님의 주소를 적어주며 가게 되면 연락해보라고 했다.

이 대화로부터 약 14년 뒤, 이스라엘-하마스전쟁이 발발한 것을 생각하면… 정말이지 아무런 말도 쉽사리 나오지 않는다. 이 글을 쓰고 있는 지금, 문득 주소를 적어주던 압둘라의 얼굴이 선명해진다.

긴 하루는
끝나지
않았다

사실 나의 '긴 하루'는 아직 끝나지 않았다.

자신의 방을 넘겨주기로 한 압둘라는 짐을 꾸리러 방으로 올라갔고, 그사이 나는 프런트에서 방명록 작성을 마쳤다. 곧이어 호텔 직원이 여권을 요청했고, 여권 원본은 모리타니 대사관에 있었기에 대신 복사본을 주었다. 왜 원본이 아닌 복사본을 주는지 의아해하길래 상황을 설명해줬으나 직원은 '복사본 여권으로는 이 호텔에 묵을 수 없다'고 말했다. 벼락을 맞으면 이런 기분일까? 생각지도 못한 부분이었다.

"그게 아니라, 대사관에…."

"마담, 이해하지만 규정상 안 됩니다."

전혀 뜻밖의 상황에 그럼 대사관에서 제출하라는데 어쩌느냐고

화를 냈더니 직원이 흥분하지 말란다. 당신이라면 당황스럽지 않겠
냐고 실랑이를 벌이고 있던 그때, 아무것도 모르는 압둘라가 짐을
챙겨 내려왔다. 직원의 말을 들은 압둘라는 곧장 호텔 매니저실로
향했다. 문틈으로 한참 매니저를 설득하는 압둘라가 보였고 매니저
가 고개를 젓는 모습도 보였다. 밖에서 조마조마하고 있는데 이윽고
압둘라가 나와서 전해주기를, 매니저의 말에 따르면 경찰서에서 확
인 도장을 받아오면 호텔 투숙이 가능하다고 했단다.

우리는 곧장 택시를 잡아 호텔에서 알려준 경찰서로 갔다. 이때가
밤 9시 좀 넘었을까? 그곳에 도착해서 또다시 압둘라가 유창한 모로
코어로 현재 우리의 상황을 설명했고, 경찰관은 여권 담당은 따로
있다며 다른 주소의 경찰서를 알려주었다.

또다시 택시를 타고 달렸다. 이번엔 시내에서 좀 떨어진 제법 큰
경찰서였다. 이곳에서 나보고 '지하'로 가보라고 안내했다. 지하…?
지하로 내려가면서 나도 모르게 눈물이 쏟아졌다. 지난 1월 쿠바 아
바나 여행에서의 마지막날이 생각났기 때문이다. 그때 난 한밤중에
강도를 당해서 배낭을 통째로 뺏겼는데, 배낭에는 내 전 재산과 함
께 여권이 들어 있었다. 문제는 쿠바와 한국은 그 당시 비수교국이
라, 여권이 없으면 불법체류자 취급을 받는다는 것이었다. 그 탓에
나는 열다섯 시간 동안 출입국관리소에 억류당해 있었다. 말이 좋아
출입국관리소지, 감옥과 다름없었다. 지하로 내려가려니 그날 일이
마치 어제처럼 생각나서 눈물이 줄줄 흘렀다. 이러다 또 '대기'라는
이름으로 수감되어 있는 건 아닐까? 압둘라가 깜짝 놀라 내게 왜 우

느냐 물었고, 그때 일을 말해주니 여기는 그런 곳이 아니니 걱정 말라며 나를 달랬다. 맞다, 그때와는 상황이 다르다. 누군가 옆에 있다는 게 이렇게 큰 힘이 된단 말인가?

　나와 함께 지하로 내려간 압둘라가 경찰관에게 벌써 세번째로 상황을 설명했다. 경찰관은 이내 내게 몇 가지를 질문하더니 자기의 소관이 아니라며 또다른 경찰서를 알려주었다. 이젠 욕도 안 나온다. 나부터도 너무 지쳤지만 무엇보다 압둘라한테 미안했다.

　"압둘라, 진짜 미안해!"

　"순자, 왜 아까부터 계속 미안하다고 하는 거야?"

　"나 때문에 애쓰는 게 너무 미안하잖아. 상황이 이렇게 되니 눈물이 다 나네…."

　"나는 누굴 돕는 게 너무 기뻐, 그러니 울지 마!"

　그러면서 그는 자기 이름의 뜻을 설명해주었다. '압둘라'는 축약된 이름이고, 그의 본명은 제법 길다. '압둘라흐만Abdalrahman', 이 이름의 뜻을 풀이하자면 '신을 위해 일하는 사람'이란다. 그러면서 오늘 그의 신은 바로 나라고 말해주었다.

　"그건 내가 할 말이야. 오늘 나의 신은 압둘라, 바로 너야!"

　이번엔 훌쩍훌쩍이 아니라 엉엉 울고 말았다. 어찌 울지 않을 수가 있나?

　벌써 경찰서만 몇 군데를 다니는데도 싫은 내색 한 번 없는 압둘라와 또다시 택시를 잡아타고 다른 경찰서로 향했다. 이번 건물은 더 무섭다. 건물은 무지 큰데 사람이 없다. 이거 완전 좀비영화 또는 느와르영화의 첫 장면 아닌가…. 공포가 엄습했지만 압둘라의 손을 꼭 잡고 안으로 들어섰다. 압둘라는 새로운 경찰관에게 네번째 설명을 마쳤고, 이번 경찰관은 나만 따로 사무실로 올라가서 입국정보 조회를 해보자고 말했다. 벌벌 떨며 4층까지 올라가는데 무서운 생각들이 얼마나 많이 오갔는지 모른다. 하지만 힘을 내야지, 나에겐 압둘라가 있으니까!

사무실에 들어서자 경찰관 두 명이 내가 언제, 어떤 방법으로 모로코에 입국했는지를 확인할 것이라고 말했다. 5분 만에 처리해주겠다 했건만 어째 한 시간이 다 되도록 감감무소식이었다. 자리에 일어나서 무슨 일인지 물어보니, 아무리 조회해보아도 당최 내 이름이 뜨질 않는단다. 확인하고 또 확인해도 내 이름이 기록에 없으니 그들도 난감할 수밖에 없다고….

"입국 도장이 찍힌 제 여권이 모리타니 대사관에 있어요! 당장 대사관에 전화해서 확인해봐요. 지금 내 친구가 1층에서 한 시간째 기다리고 있는데!"

이때부터는 그만 엉엉 소리 내어 울고 말았다. 경찰관들은 어쩔 수 없다고, 미안하다고 나를 달래며 함께 1층으로 내려갔는데… 압둘라가 없다! 심한 공포감이 밀려왔다. 그때 1층 안내 데스크에 있던 경찰관이 압둘라의 편지를 건네주었다.

'급히 처리해야 될 일이 있어 잠시 자리를 비웁니다. 순자한테 문제가 생기면 언제든 전화해주세요.'

마지막 줄엔 그의 전화번호가 적혀 있었다. 이미 밤 11시가 넘었을 무렵이었다. 그 늦은 시간에 경찰은 그와 통화했고, 잠시 후면 그가 돌아올 것이라는 말을 전해주었다. 고마운 친구, 압둘라. 그를 기다리는 동안 경찰들은 내 옆을 지켜주었다. 그들은 내게 모로코를 여행하며 무얼 했냐고 물었고, 딱히 할 일도 없으니 노트북을 꺼내 며칠 전 마라케시의 옆 동네인 임릴에서 아이들과 연극놀이 하며 찍은 사진을 보여주었다. 경찰들이 사진을 한 번 보고 나를 한 번 보고, 고개를 위아래로 움직이더니 말했다.

"여기 있는 이 사람이 당신이야?"

아이들과 함께 찍은 사진을 몇 장 더 넘겨보더니 내게 감동의 눈길을 보낸다.

"당신 좋은 사람이네!"

"좋은 사람? 좋은 사람이면 뭐 하니, 너희 나라 호텔은 나를 재워주지도 않는데!"

울컥해서 한마디 날렸더니 경찰관들이 한바탕 웃고는 합창한다.

"아이 엠 쏘리, 마담!"

그때 압둘라가 돌아왔다. 내가 아이들과 함께한 연극 내용이 어떠했는지, 어떤 대하드라마였는지를 말해주고 있었는데, 경찰관과 나누는 이야기를 가만히 듣던 압둘라가 웃으며 말했다.

"순자, 이게 드라마야. 다른 게 아니라 지금 네가 겪는 이 일이 리얼 드라마지!"

"맞네. 이게 리얼, 리얼, 리얼 드라마지!"

우린 크게 한바탕 웃었다. 그래, 드라마 주인공이 겪어야 할 고난이라면 할 수 없지! 어떤 호텔에서도 묵을 수 없으니 결국 임릴에서 연락처를 주고받은 한국 친구에게 연락해보기로 했다. 다행히 자정 가까운 시간인데도 그녀는 내 전화를 받았고, 그리 멀지 않은 곳에 있다며 날 데리러 온단다. 이 길고 긴 하루가 끝나는 순간이었다.

이 긴 드라마의 주인공은 단연 압둘라였다. 그는 끝까지 최선을 다했다. '최선'이라는 말로는 부족할 정도다. 호텔로 돌아와 내 트렁크를 되찾고, 이제 나 혼자 택시를 타고 한국 친구와 만나러 가면 되는데 그가 약속 장소까지 동행하겠단다. 택시에 내려 친구를 함께 기다리면서 압둘라에게 내일 시간이 있는지를 물었다. 밥 한끼로 이 은혜를 다 갚지는 못하겠지만 그래도 도리를 지키고자 했다.

"어쩌지, 내일은 도저히 시간이 안 나네. 그래도 괜찮아. 나중에 또 만나면 되지."

성의를 보여야 한다고 생각했지만, 선의로 베푼 친절에 금전적 보상을 하는 것은 오히려 무례한 일이 될 것만 같았다. '언젠가 또 만나겠지'라는 말에 가슴이 벅차오르면서 마구 눈물이 흘렀다. 고맙고 또 고맙다고, 은혜를 잊지 않겠다 거듭 말하는 내게 압둘라가 진지한 목소리로 말했다.

"순자, 너한테 부탁이 있어. 너는 종교가 없다고 했는데, 나중에라도 꼭 어떤 신이든 믿기를 바라. 알라든 예수든 부처든. 진리는 하나거든. 난 유대교인들을 미워하지 않아."

그러면서 마지막으로 한마디를 덧붙였다.

"신께서 지금 내게 뭐라 말씀하셨는지 알아? 이 마음을 되새겨준 '너에게 고마워하라'시네."

"뭐라고? 난 '너에게' 고마울 따름이야!"

스물세 살, 나라 잃은 민족, 압둘라의 진실 가득한 목소리가 그날 밤 내 가슴과 라바트의 모스크를 울렸다. 압둘라는 그의 말마따나 어느 신이 내게 보낸 크리스마스 선물이 아니었을까?

점방집

딸

경북 영천 어느 산골짝 마을에서 태어나, 마당에 있는 복숭아밭을 벌거숭이인 채로 뛰어다니면서 자랐다. 우리 육 남매가 그렇게 노는 사이 우리 부모님은 아이들을 먹여 살리느라 동분서주하셨다. 소금과 고구마 장사로 모은 돈으로 우리 가족은 내가 일곱 살이 넘어갈 무렵 영천 시내에 집이 딸린 점방을 얻게 되었다.

40년이라는 세월이 지나, 현재 히말라야 마낭이라는 동네를 어슬렁거리다가 어느 가게 앞에 우뚝 멈춰 서고 말았다.

"뭐지? 어디서 많이 본 풍경인데…."

아, 엄마 아부지가 첨으로 얻은 점방. 바로 그 집과 똑 닮았다. 문득 머릿속에서 기억 하나가 스쳐지나갔다. 점방 앞에 서 있던 나는 아마도 열 살 또는 열한 살이었을 거나. 부모님은 잠시 내게 점빙을 맡기시고 외출하셨으니 그날 점방은 온전히 내 차지였다. 진정 부자가 된 기분이었다. 점방의 과자며, 사탕들이 모두 다 내 것이었으니! 이리저리 가게를 살피다가 슬쩍 왕눈깔사탕 몇 개를 호주머니에 넣었다. 이 모습을 엄마 아부지께 들키면 끝장날 터였다.

그렇게 주머니에 한가득 사탕을 넣고 학교에 가면, 아이들이 우르르 내 곁으로 몰려왔고 내 어깨는 하늘 높은 줄 모르고 마구 올라갔다. 사탕을 가진 자가 또래에게 권력을 차지할지니, 아이들은 날 반장으로 추대할 수밖에 없었다. 사탕도 있고, 학교를 늦게 들어가 또래보다 한 살이 더 많았으니, 코흘리개들 앞에서 얼마나 아는 척과 잘난 척을 했는지… 내 말이 곧 법인 시절이었다고나 할까?

네팔 히말라야 어느 산자락 마을의 낯익은 점빙이 나를 아주 먼 옛날로 데려다주었다. 일곱 살이 넘어 백열등을 처음 보고 잠 못 들던 단발머리 소녀 순자, 그 소녀 머리에는 이가 바글바글했었겠지. 점방 옆 공터에서 담방구♦ 놀이에 푹 빠져 있으면 엄마가 "자야! 자야! 이노무 딸아, 저녁 안 묵나?" 소리소리 질렀지. 엄마 목소리에 "엄마, 쪼매만 더 놀다가꾸마!" 대답하던 순자 가시나.

맞다, 저 점방에는 우리 큰오빠야 앉아 계시네. 국민학교를 졸업하자마자 바로 장사꾼이 된 큰오빠야가 저어기 돈통 위에 앉아 계시네. 내 머릿속 점방을 들여다보니 오만 것이 다 보인다. 그 옛날 최

♦ 흔히 말하는 '술래잡기'다. 우리 동네 방언이었다.

초의 국산 세제 '하이타이'도 보이고, 연필도 보이고, 잡기장도, 구슬과 고무줄도 보이고. 반대쪽에는 여름에 팔았던 빙수용 색소도 보였다. 노란빛과 빨간빛의 색소를 하얀 빙설에 끼얹으면 총천연색 예쁜 빛을 자랑했는데….

점방 문을 열면 요술처럼 큰방이 나타났다. 그 단칸방에 엄마와 아부지 그리고 우리 육 남매가 들어가 있었다. 아닌가, 여덟 명이 같은 방에 살았다고? 에이 설마, 앞에 조그마한 방이 또 있지 않았을까? 아무리 그래도 그렇지. 우예 한 방에 여덟 명이 잤단 말인가…싶지만, 끝끝내 내 기억은 단칸방 하나뿐이다. 그래서 언제나 자기 방을 가진 친구들이 부러웠다. 공부방, 내 방을 가진 친구네 집을 전전하며 중학시절을 보내곤 했다. 사춘기 감수성의 순자, 얼마나 나만의 방을 원했겠는가!

세월이 흘러 나의 소원대로 나만의 방, 나만의 집을 가졌으나 아이러니하게도 나는 수시로 그 방, 그 집을 뛰쳐나와 여행을 다닌다. 그리고 지금, 히말라야 어느 산자락에서 빗소리를 벗삼아 점방을 바라보는데 왜 이렇게 눈물이 나는지….

우리

모두의 집,

쨍쨍랜드

▶

2009년 10월, 학교를 관두고 2년간의 장기 여행을 위해 살고 있던 대구의 아파트를 다른 세입자에게 전세로 내어주었다. 그 기간 동안 종종 귀국할 일이 생겼지만 내 집이 없으니 여기저기 떠돌며 살아야 했다. 엄마가 계시는 영천에도 가고, 동생 집에도 가고, 친구 집에도 갔다. 나를 재워준 고마운 사람들이 있어 다행이었다. 그러다 2013년 10월쯤의 일이다. 파리에 머물 때 문득 어떤 결심이 섰다.

'이번에 귀국하면 무조건 제주로 가자! 제주 가서 살 집을 구하자.'

저 결심의 이면에는 사심이 가득했다. 4년간 여행을 다니던 중 한국에 틈틈이 돌아갔을 때, 가끔 제주에 방문했는데 그때마다 제주에서의 시간이 무척이나 좋더라. 세계 여행을 여기저기 갔다 온 결론이 제주였다는 말이기도 하다. 그래서 귀국을 하기도 전에 제주에 살기로 홀로 마음먹었다.

제주도는 내 나라 대한민국에 속해 있지만, 섬 생활에 무지했기에 도움이 필요했다. 그래서 제주에 집을 구하고 싶다는 글을 SNS에 올렸더니 여기저기서 도움의 손길이 이어졌다. 대체로 제주살이에 대한 여러 가지 조언들이었는데, 모두가 입을 모아 얘기한 것이 바로 제주에 집을 구입하기 전에 반드시! 1년쯤 살아보고 집을 구입하라는 것이었다.

그렇군, 집을 계약하기 전에 반드시 살아보기… 입력! 그래서 처음으로 한번 살아보고자 찾아간 곳이 제주 대평리에 있는 어느 농가 민박이다. 하지만 나는 이 민박집에 도착하자마자 주인에게 말했다.

"저 이 집에서 1년간 살래요."

그러자 집주인은 그저 한 달만, 아니 일주일만이라도 먼저 살아보고 말하란다. 하지만 제주에 집을 구하고 싶어 몸이 달아 있던 나는 행여 다른 사람이 이 집을 채갈까, 당장 계약금을 드리겠으니 1년 계약을 하자고 우겼다. 그랬던 내가 과연 그 집에 며칠 있었던가? 걸어서 3분이면 바다에 닿고, 이쪽으로 고개를 돌리면 박수기정이 보이고 저쪽으로 고개를 돌리면 한라산이 보이던 그 아름다운 집에서 나는 딱 이틀 머물고 보따리를 쌌다. 지금 생각해도 웃음이 난다. 이유는 제주의 강한 바람, 외풍 때문이었다. 당시는 1월이었는데 얼마나 추운지, 바닥은 난방으로 지글지글 끓었지만 외풍이 하도 심해서 콧물이 나고 어깨가 떨렸다. 글을 써야 했는데 손가락이 시려서 자판을 두드리기가 힘들 지경이었다. 이러니 내 어찌 더 머무를 수 있겠는가!

이때 경험으로 나의 제주 집 조건이 아주 명확해졌다. '외풍이 없는 집'. 그렇다, 조건은 첫째도 둘째도 셋째도 외풍 없는 집! 이것 하나면 충분했다. 그렇게 발품 팔아가며 집을 알아본 지 두 달 만에 현재의 '쨍쨍랜드'를 만나게 되었다.

쨍쨍랜드를 처음 본 순간을 잊지 못한다. 동네 어귀에서 쭈욱 들어와야 만날 수 있는 끝집이었다. 기다란 마당을 지나쳐야 현관이 나오는데 그 현관을 열었을 때… 오! 외풍이 전혀 느껴지지 않고 따뜻했다. 지금도 10년 전의 그 광경이 눈앞을 스친다. 원하는 조건을 갖춘 집을 만나긴 했는데, 아무럼 내 자신을 믿지 못해서 친구 몇 명에게 이 집을 보여주었고 곧바로 합격점을 받았다. 친구들이 더 좋아하니 무엇을 바라리오!

"언니가 이 집 안 사면 내가 사뿐다!"

이런 위협까지 받았으니 그다음은 일사천리였다.

2014년 3월 10일, 육지에서 제주로 이주한 날 가장 먼저 검은 지붕을 노란색으로 바꾸었다. 눈에 튀는 색깔을 보고, 동네 입구에 사시는 어르신 두 분이 무척이나 좋아하셨다. 그다음 집 내부를 차근차근 뜯어고칠 생각으로 한번 둘러보았다. 집은 튼튼히 지어졌고, 실내도 별로 고칠 것이 없었다. 하지만 한 가지가 부족했다. 바로 색이었다! 밋밋한 것은 못 참지! 내 집이니 내 색깔로 모두 바꿀 거야!

지붕에 이어 실내에 색을 입히는 작업을 시작했다. 그 결과 내 집은 팔색조보다 화려해졌다. 거실은 초록, 안방은 핑크, 드레스룸은 노랑, 책방은 파랑이다. 벽에는 여행 사진을 걸고, 드레스룸엔 세계 각지에서 구입한 옷과 모자들을 비치해두었다. 콘셉트 같은 건 없다. 그저 아끼는 소품들을 여기저기 펼쳐놓았을 뿐이다. 어느 것 하나 사연 없는 물건이 없다. 저 신발은 인도 여행 때 일본인 친구가 내 생일선물로 준 것이고, 저 모자는 잉카 트레일 때 썼으며, 저 분홍치마는 페루 원주민 할머니가 손수 한 땀 한 땀 바느질하신 것…. 추억은 끝이 없어라. 참고로 쨍쨍랜드 방문자들은 이 드레스룸을 제일 좋아한다. 이유를 모르겠지만 너 나 할 것 없이 일단 그 방으로 가서 멋지게 옷을 빼입는다. 내 옷을 입고, 내 모자를 쓰고는 패션쇼를 펼치는 것이다. 누가 누가 더 잘 노나를 대결하는 현장. 쨍쨍랜드에 오면 꼭 이 패션쇼를 거쳐야 한다.

제주 쨍쨍랜드에 살면서 내게는 웃기는 습관이 하나 생겼다. 여행을 가면 언제나 생각했던 일정보다 일찍 돌아오게 되었다. 최근 이란 여행도 계획으로는 한 달짜리 여정이었으나 일주일 정도 먼저 돌아왔다. 그 이유는 다름 아니라 제주가 그리워서! 이 아름다운 풍경을 내버려두고 바깥으로 시선을 돌릴 필요가 없다. 언제 한번은 노르웨이에 머무는 중에 SNS에 숲 사진을 하나 올렸더니, "쨍쨍님, 제주로 돌아오셨나요?"라는 질문이 제법 많이 왔다. 이것 참, 거금 들여 여행 와서 사진을 찍었는데 제주라니… 싶다가도 제주가 그만큼 아름답구나 다시금 깨닫는다.

쨍쨍랜드는 내 집이자 당신의 집이기도 하다. 내가 여행을 떠나면 이 집은 '누군가의 집'으로 둔갑하거든. 쨍쨍랜드가 위치하고 있는 선흘 마을은 곶자왈 지역으로 습기가 굉장히 심하다. 3일 이상 집에 사람이 없으면 곰팡이가 생길 뿐만 아니라 텃밭 관리도 필요하다. 그래서 여행을 떠나기 전, SNS에 공지를 한다. 이름하여 '쨍쨍랜드 빌려드립니다'. 그러니까 쨍쨍랜드는 내 집인 동시에 당신의 집이다. 누가 그랬지 않은가, 나 혼자 잘 살면 무슨 재미인겨? 이 좋은 집을 혼자 가지면 뭐 하노, 좋은 건 나눠야지!

먼 훗날의 바람이 있다면, 어느 날 나는 배낭 하나만 메고 홀연히 길을 떠나고 쨍쨍랜드는 여행자의 집으로 남겨지는 것이다. 언젠가의 그날을 기대한다. 쨍쨍랜드, 그때까지 파이팅!

 아, 집에 왔구나

여행에서 쨍쨍랜드로 돌아오면

나를 제일 먼저 반겨주는 것은 8년 전에 심은 등나무.

잘 갔다 왔냐는 인사를 받으며 마당을 거쳐

현관문을 열고 들어서면 창문이란 창문을 모두 연다.

쨍쨍한 날이면 햇살이 통창으로 좌악 들어온다.

아, 내가 집에 왔구나!

욕조에 물을 가득 받고,

거품을 낸 뒤 욕조 안으로 쏘옥 들어가면

창밖으로 데크가 보이고 나무들이 보인다.

그 인근에 모여든 '마당냥이'들이 나의 벗은 몸을 바라본다.

아, 내가 집에 왔구나!

여행 중에 입었던 옷들을 세탁해서

햇살 좋은 마당 빨랫줄에 널고,

주렁주렁 걸린 옷들을 본다.

아, 내가 집에 왔구나!

내 좋아하는 고등어를 굽고,

쟁쟁표 된장으로 된장국을 끓인다.

텃밭 채소 몇 개 뜯어 밥 비비고 늘기름으로 맛을 내

한입 가득 밀어넣으면

아, 내가 집에 왔구나!

부른 배를 두드리며

집 뒤편에 있는 나의 오름

우진제비오름으로 산책 나가면

아, 내가 집에 왔구나!

"안 보이디마는 또 어디 갔다 왔는가베?"

아흔 살 동네 큰언니야의 환영 인사를 들으면

아, 내가 집에 왔구나!

"또 언제 나가?"

아흔 살 언니야의 한마디가 따라붙으면

아, 내가 집에 왔구나!

다가오거나

혹은

다가가거나

악연이 무엇인지 모르고 살았다. 그저 드라마나 영화에 나오는 관계인 줄 알았다. 그런데 살다보니 나에게도 악연이 나타났다. 아니, 인연을 악연으로 바꾼 게 어쩌면 나일지도 몰랐다. 그 생각에 사로잡혀 자책하고 또 자책하다, 마침내 생을 마감하고 싶다는 마음이 들기에 이르렀다. 그야말로 인생의 위기였다. 어떻게 해야 이 수렁에서 헤쳐 나갈 수 있을까? 그때 떠오른 것이 여행이다. 내 인생의 모든 처음과 끝은 여행이니!

이 괴로움을 잊을 만한 여행지를 검색하다가 버킷리스트에 들어 있던 바이칼호수가 불쑥 머릿속에서 튀어나왔다. 바이칼이라, 나는 추위를 그 무엇보다 힘들어하니 여름 바이칼을 가보기로 했다.

장소를 정하고부터는 진행에 막힘이 없었다. 인천공항에서 이르 쿠츠크로 향하는 비행기표를 구매해 그곳에 잠시 머문 후, 최종 목적지인 바이칼호수의 품에 안겼다. 바다 같은 호수에 내 모든 괴로움과 과오를 쏟아버리고 싶어 이곳에 도착한 후로 날마다 호수와 마주했다. 이곳 사람들은 바이칼호수를 성스러운 곳이라고 말했다. 나는 매일같이 기도하는 심정으로 그 성스러움에 나를 맡겼다.

어느 날은 점심으로 도시락을 먹고, 바이칼맥주를 들이붓고는 방안에서 낮잠을 잤다. 일어나 숙소 창밖을 보니 해가 여전히 쨍쨍했다. 하루가 아직 끝나질 않았으니 나가야겠다. 그래, 햇빛 만나러 가자! 문을 박차고 타박타박 걸어 오늘도 아름다운 바이칼호수를 만났다. 이번 기회에 한번 고독해볼까, 바위에 올라 잠시 서성이는데 어느 커플이 내 쪽으로 다가온다. 머뭇거리듯이 다가와 뭐라 뭐라 하시는데 하나도 못 알아듣겠는 걸 보니 러시아말이었지 싶다. 하시만 신기하게도 무엇을 뜻하는지는 알 것 같았다.

"나 사진 찍어준다고?"

내가 이해한 바가 정답인지 오답인지는 알기 쉽다. 찰칵찰칵 사진 찍는 시늉만 하면 되니까! 그가 바로 고개를 끄덕였다. 그래서 나도 바로 날렸다.

"스파시바(고마워)спаси́бо!"

내 사진을 찍어준 그들과 나는 바로 친구가 되었다. 제대로 된 대화는 오가지 않았지만 자기들 자리로 오라고 말하는 듯해 따라가니 내게 훈제된 오물ᵒᵐᵘˡ을 나누어주었다. 오물은 바이칼호수의 특산

어종이다. 처음 먹어보는 생선에, 민물생선 특유의 냄새가 났지만 입에 아주 잘 맞았다. 그런데 부인이 유독 물에 젖은 모양새라 괜찮으냐 물었더니 나를 만나기 바로 직전까지 호수에서 수영했다는 대답이 돌아왔다. 너무 놀라웠다. 바이칼호수는 한여름에도 4~5도밖에 되지 않는다.

"안 추웠어? 당신, 정말 용감하네."

그러자 그녀가 하하 웃으며 답했다.

"나는 러시안이야!"

영하 50도에서 살아가는 사람들에게 이까짓 날씨는 아무것도 아니라는 이야기지.

아! 나도 언젠가 들어가보고 싶다. 저 여인처럼 바이칼호수에서 수영은 아니더라도, 몸이나마 한번 푹 담가보고 싶었다. 사실 이곳에 오는 날마다 호수에 몸 담그는 상상을 해왔다. 바이칼호수에 몸 담그면 무병장수랬나, 그저 건강해진댔나… 하는 이야기를 여기저기서 많이 들었으니 한번 들어가줘야 하는데 말이다. 무엇보다 저 차가운 호숫물에 복잡한 마음들이 정리되었으면 했다.

복잡한 마음은 숨기고, 어디서 왔냐고 물으니 "좀 먼 곳에서 왔다"(이토록 넓은 러시아에서 '먼 곳'이 얼마나 멀지 상상불가다)고 대답하는 이 러시아 부부와 해질녘까지 함께 보드카를 홀짝였다. 50도가 넘는 독주를 마실 때마다 얼굴을 찡그리는 내가 재밌었는지 남편분은 연신 내 모습을 카메라에 담았다. 나는 그게 또 우스워서 아내분과 함께 웃었다. 이래저래 웃을 일 많은 게, 여행이지! 셋이서 배가 아플 정도로 깔깔대며 웃다가 마침내 보드카에 취해버렸다. 정신은 몽롱했지만 이곳에 온 후로 가장 마음이 평화로운 날이었다. 다가와 준 사람들 덕분에 나는 또 세상으로 다가갈 용기를 얻었다.

다행히 나는 그 독한 보드카를 그만큼 마시고도 끝끝내 호수에 뛰어들지 않았다. 아마도 그날 밤 내 몸 대신 괴로움을 호수에 빠뜨렸나보다.

그렇게 한결 홀가분해진 다음 날, 나는 마침내 바이칼호수에 몸을 담그기로 했다. 그리고 어딘가 용기가 샘솟아 아무것도 걸치지 않은 채 설레는 마음으로 호수로 풍덩! 뛰어들었다. 그리고 얼마나 오래 수영했냐면⋯ 거짓말 안 보태고 채 1분이 되지 않아 물 밖으로 호다닥 튀어나왔다. 호숫물이 얼마나 차가웠는지 짐작이 되시는지! 어제의 아내분이 다시금 존경스러워진다. 너무나 차가워 기절하는 줄 알았는데 말이다. 1분도 되지 않은 시간이지만, 이것도 바이칼호수에 들어가봤다고 해야 할까?

꼰지랍게

살지 말자,

제발

러시아에서는 공항에 도착하면 외국인에게 출입국심사 카드라는 것을 나눠준다. 이 카드는 보통 기내에서 작성해 입국심사 때 제출하고, 심사관은 카드에 적힌 정보를 확인한 뒤에 스탬프를 찍어 돌려준다. 돌려받은 카드는 출국할 때 제출해야 하므로 여권만큼이나 중요한 것인데, 그 사실을 몰랐던 나는 이르쿠츠크공항에서 카드를 돌려받자마자 홀라당 잃어버렸다. 보통 여권에 끼워서 건네주는데 나도 모르는 사이 어딘가에 흘린 모양이다.

첫날 이르쿠츠크 숙소에서 체크인을 하는데 프런트 직원이 출입국 카드를 요구했다. "그런 게 있었나요? 안 주던데…"(거짓말이 아니라 잃어버리는 동시에 기억도 잃었던 모양이다)라고 했더니 "아, 원래는 없으면 안 되는데"라면서도 그냥 넘어갔다. 그래서 적당히 넘길 수 있나보군 하고 지나쳤다. 그다음 시내를 띠니 바이칼호수의 올혼 섬에서 꽤 오래 머무르게 되었는데, 그곳 숙소 주인장은 나와 친분이 있는 분이라 또 넘어가주셨다. 하지만 이르쿠츠크에 가면 꼭 다시 만들라는 당부를 남겼다. 출입국 카드는 까먹었어도 이 당부만큼은 잊지 말았어야 했다.

이르쿠츠크로 돌아간 뒤에는 시베리아 횡단 열차를 탈 예정이었다. 무려 65시간의 기나긴 시간을 견뎌 카잔으로 향하는 여정이었다. 열차 안에서 각종 사람과 대화를 나누며 무사히 목적지에 도착했다. 즐거운 시간이었지만 제대로 씻지도 못한 채 3일 가까이 열차를 타고 달렸더니 피곤함이 팔다리에 진득하게 붙어 있었다. 얼른 예약해둔 숙소에 도착해서 뜨거운 물에 샤워를 열 번쯤 때리고, 시원한 맥수를 쏴악 마신 뒤 푹신한 침대로 뛰어들 생각으로 머리가 가득했다. 그랬건만, 예약해둔 숙소에서 방을 줄 수 없단다.

"왜요?"

"출입국 카드가 없으시네요."

"아~ 저 그거 내일 만들 거예요. 그러니 일단 하룻밤만 먼저 자게 해주세요."

대책 없이 재워달라고 조른 것이 아니다. 사실 이르쿠츠크에 돌아갔을 때 나름 출입국 카드를 만들러 공항 사무실을 찾았지만, 직원 가운데 한 명이 '카잔 숙소에 부탁하면 만드는 걸 도와주고 재워줄 것'이라고 분명히! 말했다. 그래서 저 말을 그대로 전했더니 이게 웬

걸, 절대 안 된단다. 만약 카드가 없는 나를 재워주었다가 경찰 단속에 걸리면 자기네 숙소는 문을 닫아야 한다고 단호하게 말했다.

"그렇군요…. 하지만 내일 당장 오전에 가서 만들 거예요! 여기 여권에 도착 스탬프도 있잖아요?"

야단났다 싶어 애걸복걸하니 안되어 보였던지 출입국 카드 없이도 숙박을 받아줄 만한 곳을 추천해주었다. 65시간치 피곤이 온몸을 감쌌지만 어쩔 수 없이 그들이 추천해준 숙소로 갔다. 다행히도 추천한 숙소에서는 정말 체크인을 해주었다! "스파시바"를 외치며 방으로 올라가 짐까지 풀었는데 누군가 내 방문을 두드렸다.

"마담, 정말 미안해요. 하지만 마담을 들이면 경찰이 와서…."

앞선 숙소에서 들은 말을 또 그대로 들으며 거리로 쫓겨났다. 뭐여, 그럼 나는 어데서 자라고…! 지치고 지친 내 간절한 눈빛을 본 이곳 직원 역시 다른 숙소를 추천해주었지만 거기서도 또 내침을 당했다. 추천을 받아 갔다가 내쳐지기를 몇 차례, 분명 훤한 대낮에 기차에서 내렸는데 길거리는 어둑해져 있었다. 그때까지도 숙소를 구하지 못한 나는 어둠이 내리는 카잔 거리에 서서 울음을 터뜨렸다.

세상에서 가장 넓은 나라에서 내 몸뚱어리 눕힐 방 하나를 얻질 못하다니 이게 말이 되나. 카드를 분실한 나를 원망하다가, 이 나라를 원망하다가, 지나가는 사람을 붙잡고 설명하기에 이르렀다. 누군가 도와줄 사람이 필요했다. 이 나이에 노숙을 하는 건 그냥 죽으라는 뜻이다.

"당신 영어 돼요?"

"네, 그런데요?"

"카잔이 정말 아름다운 곳이라고 해서 거의 70시간을 달려왔는데, 출입국 카드를 잃어버려서 어느 숙소도 나를 받아주지 않아요. 무슨 문제를 일으킨 것도 아니고 단지 종이를 잃었을 뿐이에요. 공항에서 스테이플러로 집어준 것도 아니고 그냥 끼워준 그 종이를 말이에요. 보아하니 그 종이쪼가리 잃어버린 사람이 한둘이 아니라던데 왜 저만 숙소를 구할 수 없는 걸까요. 당신네 나라 야박합니다. 나빠요, 나빠! 엉엉….”

그저 영어가 통한다는 이유 하나로 아무나 붙잡고 울고 말았다. 그러다가 나의 천사를 만났다. 아델레나, 나의 천사!

다른 사람들은 내 이야기 들어주고 안타까워하면서도 끝내 도울 방법이 없다며 자리를 떠났지만, 이 친구는 내 이야기를 다 듣고 나랑 같이 울더니(정말 울었다… 유감이라면서) 어디어디로 전화를 열심히 돌리고는 자길 따라오라고 말해주었다. 그렇게 한 호스텔에 도착해 그녀가 열심히 내 상황을 설명했으나 우리는(정확히는 나만) 또다시 내쳐졌다.

"아! 아델레나, 봤지? 네 나라가 나를 또 버렸어… 오늘밤 대체 어디서 자야 할까…?"

운 나쁘게 내게 붙잡힌 이 친구가 불쌍해질 지경이었다. 사실 아델레나 역시 "미안해" 한마디 남기고서 지나가버리면 그만이었는데, 그녀는 포기하지 않고 또 어딘가로 연락해보고는 말했다.

"순자, 여긴 정말 재워줄 거야. 가 보자!"

점심부터 한끼도 못 먹어서 20킬로그램 배낭 무게가 200킬로그램의 무게로 느껴졌지만, 그래 가보자! 희망이여 솟아라!

마지막으로 도착한 이 숙소에서는 다행히도 하룻밤을 재워주기로 했다. 다음 날 아침 일찍 떠나는 조건이 붙긴 했지만. 물론 이마저도 쉽지는 않았다. 아델레나가 끝없는 설명으로 프런트 직원을 설득해준 덕분이었다. 허술한 방이었지만 길거리 노숙을 하게 생겼다가 방을 얻었으니 감사한 마음이 넘쳐났다. 아델레나는 그때까지도 돌아가지 않고 나와 있으며, 출입국 카드를 내일 당장 어디서 만들 수 있는지를 알아봐주려고 여기저기 지인들에게 물어보았다. 여러분, 천사는 실존합니다. 천사는 러시아에 살고 있어요. 하지만 좀스러운 나는 그런 아델레나를 보면서도 카잔이라는 도시에게 터진 분통이 가시질 않았다.

"아무리 생각해도 여기 너무해. 보니까 새벽 2시에 이스탄불 가는 항공권이 있더라. 나 그거 타러 공항으로 갈래. 여기에 더 있고 싶지 않아! 아, 물론 아델레나 너는 참 고마운 사람인데… 이렇게 말해서 미안."

그러자 천사 아델레나, 나랑 또 같이 운다. 그러면서도 밤 10시가 넘은 시간에 여기저기 수차례 전화하며 정보를 적어주었다.

"순자, 나 지금 경찰인 친구네 엄마한테 물어보았어."

여러 가지로 알아본 결과, 결국 공항에서 발급받는 것이 최고라며 손수 공항 가는 방법과 택시 타는 법을 다 적어주었다. 아델레나는 내가 침대에 눕는 것을 보고 행운을 빈다는 말을 남기며 기쁘게 방을 떠났다. 나중에라도 보답하기 위해 연락처라도 받아놓았어야 했는데, 출입국 카드 잃어버린 정신머리가 어디 갔겠는가. 이 글을 쓰는 지금도 눈물이 난다. 고마웠던 아델레나. 그녀 덕분에 카잔을 박차고 떠나지 않을 수 있었다. 어디에 있을지 모르는 나의 천사에게 행운이 따르기를!

　나는 왜 아직도 이리 꼰지랍게♦ 살까. 인생에 해프닝을 일으키러 여행을 다니는 것인가. 남들처럼 여유롭고 안정되게, 평화롭게 여행을 다니고 싶지만… 한편으로는 이 나이에 여태껏 살아온 방식이 크게 달라질 것 같진 않아 적당히 받아들이고자 한다. 그래도 이렇게 꼰지랍게 사는 건 이제 끝내자!

♦ '아슬아슬하다'의 경상도 사투리. 우리 동네에서만 사용해서 나만 아는 말일 수도 있다….

분나

세리머니

에티오피아의 작은 마을 알바민치에서 투어리스트 호텔에 머물고 있을 때였다. 이곳에서 친구가 된 베레겟트는 호텔 투숙객을 상대로 가이드 일을 하는 청년이었다. 여행자들은 대체로 숙소에 머물면서 각종 투어를 신청하기 마련이거늘, 정형화된 투어에는 좀처럼 관심이 없는 나는 이곳에 머물면서 단 한 번도 투어에 참가하지 않았다.

"순자, 그럼 투어 말고 어떤 곳을 가보고 싶어?"

"가고 싶은 곳? 그저 작은 마을이랄까. 여기 사람들이 어떻게 사는지 보고 싶어."

"그래? 그럼 우리집에 초대할게!"

그는 자기 집에서 '분나 세리머니'를 함께하자고 했다. '분나'는 에티오피아말로 커피를 뜻하고, 분나 세리머니란 에티오피아 커피를 만드는 과정을 뜻한다.

"오호, 가고말고! 고마워!"

그렇게 나는 신분이 확실한(!) 베레겟트를 따라 그의 집으로 향하게 되었다.

호텔에서 나와 20여 분쯤 걸었을까? 우리는 곧 한적한 마을에 들어섰고, 한쪽 벽면이 파란색인 집이 눈앞에 나타났다. 집 안에는 널찍한 방이 여러 개 있었는데 그중 왼쪽 끝방이 베레겟트의 자취방이었다. 그의 가족은 이곳에서 더 멀리 떨어진 시골에 살고, 그는 직장 근처에 방을 얻은 셈이다.

베레겟트가 나보고 방으로 들어오라고 했다. 오! 에티오피아 스물다섯 살 총각의 방을 볼 수 있는 기회는 흔치 않지. 그렇게 방 안에 들어선 순간, 벽에 붙은 포스터가 나를 웃게 했다. 국적을 알 수 없는 헐벗은 여성들의 관능적인 포스터가 벽에 떠억 붙어 있었으니 내 어찌 웃지 않을 수가!

웃음을 참고 제대로 방을 들여다보니 무려 베레겟트의 친구 다섯 명이 나를 위해 세리머니에 필요한 성스러운 나뭇잎(대체로 송진이나 유칼립투스잎), 커피잔, 쟁반, 커피 주전자, 숯불 피우는 화로를 준비해 기다리고 있었다. 감동을 넘어 감탄이 나왔다.

분나 세리머니의 순서는 이러하다.

1 그 유명한 에티오피아 원두를 볶는다.

방 안에 커피 향이 가득했다. 연기마저 아름다웠다고 말하면 이해가 될는지!

2 볶은 원두를 쇠망치로 빻는다.

온 동네 사람들이 우리를 구경하러 왔다. 원두를 빻아 가루가 날릴 때마다 향긋한 커피 향이 눈에 보이는 듯했다.

3 빻은 원두 가루를 커피 주전자에 넣는다.

내가 커피 주전자에 빻은 원두 가루를 넣을 때 베레겟트와 친구들은 무언가를 피우며 세리머니 중인 나를 바라보았다. 중간중간 베레겟트가 자신이 피우고 있던 것을 내게도 권했는데, 보아하니 그냥 담배는 아닌 듯했다.

"…베레겟트, 나는 그거 안 피워도 행복해."

4 커피 주전자를 화로에 올려 끓인다.

이때 중요한 건 숯불! 숯불이 잘 만들어지라고 연신 부채질해준다.

이 과정을 다 거치면 완성이다.

사람들 수만큼 잔에다 커피를 따랐다. 잔이 모자라자 베레겟트의 누나가 옆집에서 유리잔을 빌려왔다.

"자! 제 생애 처음으로 만들어본 에티오피아식 커피, 분나 한 잔 드셔보세요."

나는 공손히 무릎을 꿇고 에티오피아 친구들에게 커피를 대접했다. 무릎을 꿇은 이유는 이런 멋진 일을 경험시켜주었으니 나름내로 감사함을 전해야 한다고 생각했기 때문이다. 실내에는 커피 향 말고도 밥 말리의 음악이 가득 흐르고 있었다. '밥 말리의 빅 팬'이라던 베레겟트가 곡이 바뀔 때마다 이 곡은 제목이 뭔지 설명해주었다. 밥 말리 음악과 함께한 환상의 분나 세리머니! 이곳에서 커피 내리는 것을 왜 '세리머니(의식)'라 하는지 조금이나마 알게 되었다. 이제 나는 에티오피아인들이 피땀으로 가꾼 커피를 그저 가볍게만 마실 수 없을 듯하다.

그나저나 내가 내린 커피 맛이 어땠냐고? 내가 끓인 커피를 마신 그들은 아! 하고 탄성을 질렀다!…는 것으로 후기를 대신한다.

 이러니저러니 해도 좋을 사족

에티오피아 아바나에 도착했다는 사실을 SNS에 올렸을 때 많은 분이 '예가체프'에 대한 댓글을 달아주셨다. 예가체프 마셔보라, 예가체프 구입 좀 해달라. 당시 커피에 문외한(지금도 마찬가지)이었던 나는 그저 사람들이 좋다는 말에 예가체프를 구입하러 몇몇 가게에 들렀다. 하지만 끝내 구입에는 실패했다. 어디를 가도 '예가체프'가 없다고 말했기 때문이다. 나중에서야 알게 된 원인은 내 발음에 있었다. 현지인들은 예가체프가 아니라 '이르가체페'라고 해야 알아듣는다고!

지금 내 옆에는 조금 전 내린, '이르가체페' 한 잔이 놓여 있다. 분나 세리머니 한 날을 기억하면서 한 잔을 즐겨본다.

파리,
단 하루의
낭만

국민학교 시절, 중년들의 유구한 친구였던 KBS <명화극장>에서 본 수많은 외화들은 내 인생에 지대한 영향을 미쳤다. 아! 내가 어른이 되면 저 나라에 가서 저런 옷을 입고, 저런 남자를 만나 저런 사랑에 빠지리라. 어린 나이에 멋진 풍경들을 보며 막연히 외국을 꿈꾸게 되었고, 2010년의 어느 봄 그 꿈을 현실로 만들어냈다. 아, 미리 말하자면 '사랑'은 아니었다.

그해 나는 낭만의 대명사 프랑스를 여행하고 있었고 2주간의 프랑스 여행에서 단 이틀만을 남겨둔 그날, 마침내 영화 같은 일이 벌어졌다. 포도주로 유명한 소도시에 살고 있는 친구의 집에서 며칠간 머물다가 파리로 향하는 날이었다. 기차 시간에 빠듯하게 도착한 탓에 나는 다급히 기차에 올라야 했고, 배낭이 너무 무거워 통로 한쪽에 아무렇게나 던져두고는 허겁지겁 좌석을 찾았다. 그런데 지나가던 남자가 내 표를 스윽 보더니 자리를 찾아주고는 배낭까지 운반해주었다. 더군다나 자리에 앉고 보니 그는 바로 내 옆자리였다. 고맙다고 인사하고 한숨 돌리려는데 그가 말을 건넸다.

"그 바지 멋진데, 어디서 샀어요?"

"이 바지? 다들 멋지다고 해요. 내가 직접 아이디어 내서 만들어입은 거예요."

"와우! 원더풀!"

"봐요, 이 바지엔 두 나라가 섞여 있어요. 윗부분 청바지는 한국산이고 아랫부분 빨간 천은 인도에서 구입한 거예요."

"인도에 갔었어? 나 인도에서 돌아온 지 일주일도 안 됐는데!"

인도는 여행자들 사이에서도 호불호가 확실히 갈리는 나라다. '아이 러브 인디아!'거나 '아이 헤이트 인디아!' 둘 중 하나가 인도를 여행한 사람들의 감상이다. 물론 나는 아이 러브 인디아다. 그런데 인도라는 말에 이렇게 흥분하는 모습을 보니 같은 파인 모양이다. 인도와 사랑에 빠진 게 분명한 눈동자였다. 인도와 사랑에 빠진 이 남자는 바로 장 프랑수아즈, 나를 프랑스영화 속 주인공으로 만들어준분 되시겠다.

그는 두 달간의 인도 여행을 마치고 돌아와, 시골에 홀로 계시는 아버님을 뵙고 파리로 돌아가던 중에 나의 옆자리에 앉게 되었단다.

프랑수아즈는 나처럼 조기퇴직을 한 후 여행을 시작한 참이었는데, 그 첫 여행지가 바로 인도였다.

"어? 나도 첫 여행지가 인도였는데"라는 말을 시작으로 우리는 파리까지 가는 두 시간 내내 인도 이야기로 꽃을 피웠다. 바라나시에 가봤니, 케랄라는 가봤니… 소똥은 밟지 않았니, 사기 안 당했니… 차이는 하루에 몇 잔 마셨니…. 도시 이름만 말해도 서로 광분했고, 음식 이름이 나올 때마다 우린 목청을 달궜다. 말끝마다 '인크레더블 인디아'를 수없이 외치는 시간이었다. 혼자였다면 분명 지루했을 시간이 그와 이야기를 나누니 순식간에 사라졌다.

파리에 도착해 내가 예약한 숙소 주소를 알려주니, 프랑수아즈는 자기 집에서 멀지 않다면서 같이 가자고 제안했다. 그러면서 저녁식사에 초대하고 싶단다. 부인이 요리를 잘한다고 하셨는데 솜씨를 자랑하고 싶은 걸까? 기차에 내려서도 우리는 계속 인도 이야기에 심취한 채 숙소 쪽으로 걸어갔는데, 저 앞에서 웬 아름다운 여자분이 우리를 향해 미소 짓고 계셨다. 누군가 싶던 찰나 프랑수아즈가 그녀 가까이로 다가가 반갑게 인사 나누더니 그녀에게 나를 소개했다. 다름 아닌 프랑수아즈의 부인이었다! 부인은 아쉽게도 갑자기 약속이 생겨 본인은 함께 식사할 수 없겠지만 음식이 넉넉할 테니 편하게 먹고 가달라 말했다.

우연히 길에서 부인을 만난 것도 놀라웠지만 무엇보다 그녀가 무척 아름다워서 놀랐다. 마치 프랑스영화의 주인공처럼! 주인공 옆에는 주인공이 있는 법이구나. 물론 가장 놀라운 점은 기차에서 우연히 만났을 뿐인 여행자를 그렇게 스스럼없이 집사람에게 소개하고 집에 초대하는 일련의 과정이 물 흐르듯 자연스럽다는 것이지만.

부인과 헤어지고 숙소에 들러 짐을 맡긴 뒤, 프랑수아즈를 따라 그의 집으로 놀러갔다. 그의 말대로 숙소에서 무척 가까웠다.

"와우!"

그가 현관문을 연 순간 나도 모르게 큰 소리로 외쳤다. 내가 본 가정집 가운데 가장 아름다운 집이었다. 카펫부터 벽에 걸린 소품 하나하나, 그림 한 점 한 점이 전부 아름다워서 연신 남의 집 거실을 돌아다니며 감탄사를 연발했다. 이것이 바로 프랑스풍의 집이로구나. 카펫 위에는 최근에 다녀왔다던 인도 사진들이 여기저기 널브러져 있었다. "프랑수아즈, 여기 인도야!" 했더니 프랑수아즈가 마구 웃었다.

거실 벽에 걸린 그림들 가운데 발레 동작을 하는 소녀가 있어 자세히 보고 있었더니 그림 속 소녀가 딸이란다. 현재 레바논에서 교환학생으로 공부하고 있다는 설명이 뒤따랐다. 내가 거실 풍경의 아름다움에 반해 한참 구경하는 동안 프랑수아즈는 부인이 준비해두고 간 음식들을 식탁 위에 펼쳤다. 음식들이 전부 예술작품 같아 또다시 감탄사를 쏟아냈다.

사실 이날 나는 감기에 걸려 몸 상태가 그다지 좋지 않았다. 얼른 숙소로 돌아가 쉬어야 했지만 이 귀한 시간을 깨뜨리고 싶지 않아 꾹 참고 있었다. 그런데 식사가 끝날 무렵 기침이 연달아 터지고 말았다. 그저 가벼운 감기일 뿐이라고 말했지만 프랑수아즈는 부엌에서 컵 두 개를 들고 나오더니 감기에 좋은 차와 시럽이라면서 두 개를 다 마시라고 했다. 이것이 프랑스식 감기약일까, 어찌되었든 메흐시(고마워)^{merci!} 고맙게 받았다.

이제 감기약까지 먹었으니 숙소에 돌아가려 했는데 프랑수아즈는 잠시만 기다리라고 했다. 곧이어 그는 큰 접시를 들고 돌아왔다. 접시 위에는 모양과 향이 각기 다른 치즈가 10여 개 놓여 있었다. 세계를 여행 다니면서 다른 나라 음식을 이것저것 맛보았지만, 산골짝 촌년 출신인 나는 된장과 고추장, 김치가 세상에서 제일 맛있는 사람이었다. 더군다나 치즈는 정말이지 취향에 맞지 않았다. 치즈를 자주 먹는 유럽인들을 보며 '아니 저게 뭐가 그리 맛있다고'라 생각해왔던 터라 그가 내민 치즈 조각이 살짝 난감하던 차였다. 프랑수아즈는 함께 곁들여야 한다며 와인도 한 잔 내어주었다. 감기 환자에게 와인을 주시다니. 조금 전엔 약을 주었는데, 이걸 마셔야 되나 말아야 하나. 진정 난감한 상황이 펼쳐졌다. 이런 내 맘을 아는지 모르는지, 프랑수아즈는 치즈에 대해 하나하나 아주 상세히 설명해주었다. 그의 성의를 봐서 눈을 꼭 감고 조금씩 맛보기 시작했다. 그리고 깨달았다. 실은 내가 내 취향을 잘 몰랐구나!

치즈의 맛은 환상적이었다. 이 맛을 뭐라고 표현해야 할까, 짜면서도 쓴맛도 조금 나고 쿰쿰한 것이… 참으로 오묘한 맛이다. 그리고 몇 가지를 더 먹어본 후에는 치즈 취향까지 확실히 찾게 되었다. 감기약에 취하고, 와인에 취하고, 열 가지 치즈 향에 취하고! 아름다운 집에 취하고! 그런데 뭔가 심심하다.

"프랑수아즈! 이 멋진 분위기에 음악이 없어요!"

그러자 그는 거실 한편에 놓인 피아노로 쇼팽의 피아노곡을 연주해냈다. 먼 나라에서 온 여행자를 위해 그렇게 멋진 곡을 연주하다니, 메흐시를 몇 번이고 외치는 밤이었다. 그렇게 그의 피아노 연주를 마지막으로 나는 숙소로 발길을 돌렸다. 내일 다시 만날 것을 기약하며!

다음 날, 한국 민박집에서 만난 친구들에게 나의 주특기인 닭볶음탕을 해주고 프랑수아즈를 만나기 위해 길을 나섰다. 그가 나의 일일 가이드가 되어준다고 했다. 약속 장소로 갔더니 그의 곁에 자전거가 두 대 있었다. 복잡한 파리 시내를 여행하기 위해 준비했단다.

"어쩌지, 나 자전거 그다지 잘 못 타는데!"

"괜찮아, 앞장서면 내가 뒤에서 조정해줄게."

기왕 준비해주었는데 못하겠다고 할 수 없어서, 에라 모르겠다 하고 일단 페달을 밟아보기로 했다. 그 누구보다 내가 잘 알지 않나, 인생은 저지르는 자의 것이니까!

"순자, 직진하다가 오른쪽 좀 봐. 저 건물은 말이야…."

익숙지 않은 운행으로 정신없어 죽겠는데 프랑수아즈는 건물을 보라고 난리였다. 아니, 내가 지금 그 건물 볼 정신이 있겠냐고! 하지만 가이드의 설명은 계속되었다.

아침에 시작된 자전거 투어는 해질녘까지 이어졌다. 나의 첫 파리 여행은 2000년 여름이었다. 10년이 더 넘었으니 유명한 노트르담성 당을 봤는지 안 봤는지도 아득한데, 그는 지금 이 시간이 성당과 함 께 일몰을 볼 최고의 시간이란다. 일부러 시간 맞춰 이곳에 왔다며 그는 내 자전거 위치까지 잡아주면서 사진을 찍어주었다.

일몰 때의 노트르담성당을 본 적이 있는가. 그 고색창연한 성당 위로 해가 지는 아름다움을 글로 표현하기에는 부족하다. 하염없이 성당을 보고 있는데 갑자기 비가 쏟아졌다. 비뿐이랴 강풍까지 몰아 치기 시작했다. 당최 알 수 없는 유럽의 날씨다. 우리는 결국 도망치 듯 가까운 카페로 들어가 아주 찐한 코코아를 주문했다. 물론, 이런 날씨엔 코코아가 최고라는 가이드님의 추천이 있었다. 온몸으로 퍼 지는 달콤함을 느끼며 여행은, 인생은 이렇듯 달콤한 것이라는 생각 에 행복해졌다.

이날 일일 투어의 마지막 코스는 티베트 식당에서의 저녁이었다. 몇 년 전에 여행했던 티베트 라싸에서의 이야기를 잠시 그에게 들려 주었다. 프랑수아즈는 내 여행 이야기를 들을 때면 항상 눈이 반짝 였다. 채소로 만든 모모도 맛있었고 야크티 또한 훌륭했다. 식사를 끝내고 티베트인인 주인에게 티베트말로 인사를 건네고 대화하는 프랑수아즈를 보면서 다시 한번 감탄했다. 티베트에 갔다온 사람은 나인데 그 근처에도 가보지 못한 사람이 어떻게 티베트 언어를 말할 수 있담. 놀라는 나에게 그가 말하길, 다른 나라의 언어를 배우는 것 이 취미란다.

나의 파리 가이드, 프랑수아즈! 진정 멋진 사람이었다. 어떤가, 이 정도면 영화에 나올 주인공 감이 아닌가? 티베트 식당에서 함께 사진을 찍고, 깊은 포옹을 한 후 우린 헤어졌다. 안녕, 프랑수아즈! 나의 가이드, 나의 친구, 나의 하루만의 낭만이여!

남자에게

차였습니다

탄자니아 잔지바르에서 열흘쯤 머물고 난 후 다음 행선지를 고민하고 있는데 탄자니아에 산 지 10년이 된 프랑스 친구가 메시지를 보냈다.

"순자, 꼭 아루샤에 가봐."

아루샤는 아프리카의 대표적인 국립공원 투어의 시작지로, 친구는 그곳을 탄자니아의 심장이라고 표현했다. 지금 내가 머물고 있는 잔지바르는 내게 매혹적인 여행지였지만 그에게는 '나쁜 놈들이 득실거리는 곳'이었다며, 잔지바르를 빨리 떠나 아루샤로 가라고 말했다. 그리하여 귀가 얇은 나는 친구의 의견에 따라 갑작스럽게 아루샤를 가보기로 했다. 내 여행이 언제나 그렇듯이.

당장 아루샤행 항공권을 알아보는데, 마침 같은 숙소에 머물고 있던 젊고 똑똑한 한국인 배낭여행자 두 분의 도움을 받아 몹시 '착한 가격'에 표를 손에 넣을 수 있었다. 항공권 가격이 겨우 27달러였다. 270달러가 아니라 27달러! 내 생에 이런 일이. 시작부터 아루샤행의 기운이 좋게 느껴졌다.

  귀하고도 값싼 항공권을 손에 들고 잔지바르공항의 탑승구에서 이번 여행의 친구 마놀을 만났다. 마놀은 아루샤 토박이로 사파리 전문 회사에서 근무하고 있단다. 사파리 체험을 할까 말까 고민하던 중에 직원을 만나니 신기해서 이야기를 나눠보았는데, 공교롭게도 그는 비행기에서도 나의 옆자리였다. 덕분에 비행 내내 우리는 대화를 이어갈 수 있었다.

  마놀은 어릴 때 부모로부터 독립해 일찍이 인생살이를 터득한 사람이었다. 그 당시 그는 30대 초반이었는데도 이미 자노 있고 집도 있고, 신형 아이폰도 갖고 있었다. 지금 지내는 집 말고도 새로이 별채를 짓고 있으니 완성되면 꼭 초대하겠다고 말하며, 오늘 초대하지 못해 미안하다고 몇 번이나 아쉬워했다.

  우리의 목적지인 킬리만자로공항에 도착하자 마놀은 나를 숙소까지 데려다주겠다고 제안했고, 숙소를 아직 구하지 않았다는 내 말에 함께 이 호텔 저 호텔을 돌아다니게 되었다.

  "여기 하루에 50달러 정도 하는데 어때?"

  "안 돼, 너무 비싸!"

  "저기는 30달러…."

"그것 역시 비싸."

"도대체 넌 어떤 숙소를 원하니?"

까다로운 내 숙소 취향에 마놀은 지친 모양이었다.

"마놀, 내가 원하는 곳은 배낭여행자들이 가는 곳이야."

"배낭여행자? 그런 곳이 어딘데?"

여행업에 종사한다면서 배낭여행자들이 가는 곳도 모른다니… 싶은 그 순간, 항공권 구입을 도와준 한국인 여행자가 알려줬던 숙소 이름이 생각났다.

"아, 생각났어. 아루샤 백패커스 호텔! 그곳으로 데려다줘."

현지인이라 길눈이 밝을 줄 알았지만 마놀은 여러 사람에게 물어가면서야 숙소를 찾을 수 있었다. 내가 묵을 방은 4인용 도미토리였는데 1박에 8달러였고 조식까지 포함된 가격이었다. 마놀은 나보다도 더 이 숙소에 관심을 보이며 숙박요금과 조건에 놀라워했다. 내친김에 실제 방을 구경해보더니 그 큰 눈이 더 커졌다.

"순자, 여기서 잔다고? 이 좁은 2층 침대에서?"

"그럼! 얼마나 좋은데."

도미토리를 처음 와본다는 마놀은 나의 여행 스타일에 많이 놀라는 듯했다. 마치 마놀이 여행자고 내가 현지인인 모양새였다. 하지만 그럴 수도 있지, 뭐. 이때까지는 마놀에 대해 잘 알지 못했다. 조금 눈치챘어야 하는데…. 그렇게 우리는 아류사 배낭여행자 카페에서 킬리만자로맥주 마신 뒤 내일 만남을 약속하고 헤어졌다.

4인실이었지만 비수기라 나 혼자 방을 독차지하며 아루샤에서의 첫날 밤을 아주 편안하게 보냈다. 뜨거운 물시 얼마나 잘 나오던지 샤워하면서 룰루랄라 노래까지 불렀다. 만족스러운 시작이었다. 둘째 날 오전에는 빨빨거리며 아루샤 시내를 마구 돌아다녔다. 아루샤는 '동물의 왕국'으로 통하는 세렝게티 사파리 체험을 위해 전 세계 사람들이 잔뜩 모여드는 도시라, 거리에 나서기만 하면 호객꾼들이 다가왔다. "마담, 사파리…"라고 운을 떼면 전부 사파리 회사에서 나온 사람들이다. 어찌나 많이 달려드는지 당최 걸을 수가 없을 정도였다. 겨우 물리치고 한적한 곳을 찾아 걸었다. 그리고 드디어 내 취향의 장소를 발견했다.

그곳엔 아주 오래된 나무가 한 그루 서 있었고, 나무 아래에 사람들이 삼삼오오 앉아 커피를 마시고 있었다. 에티오피아호수가 저런 풍경과 흡사했는데…. 잠시 에티오피아의 추억에 빠져 있다가 나도 커피를 한 잔 주문했다. 잔을 받아 들고 주위를 두리번거리니 사람들이 앉을 자리를 내주었다. 그들 틈에 끼어 탄자니아커피를 마셨다. 기분좋다. 아무런 말이 통하지 않아도, 말 한 마디 없이 타인과 함께할 수 있는 시간이 나를 행복하게 만들었다. 가만 보니 커피 다음으로 여기에서 인기 있는 것이 하나 더 있었다. 속이 하얀 고구마처럼 생긴 간식이길래 나도 먹고 싶어 돈을 꺼냈다. 그런데 옆에 앉으신 분이 돈은 필요 없다며 그냥 하나를 사서 내게 건네주셨다. 이름이 '카사바'라고 했다. 아산테 사나(대단히 고맙습니다)asante sana! 카사바는 고구마튀김과 맛이 아주 비슷했다. 커다란 나무 아래서 커피도 마시고 카사바도 먹으며 아주 멋진 시간을 보냈다.

오후에는 어제 약속한 대로 마놀과 만났다. 오늘 하루 어떻게 지냈느냐는 그의 물음에 완전 즐거웠다고 사진까지 보여주며 자랑을 시작했는데, 사진을 몇 장 보던 그의 표정이 점점 이상해졌다.

"순자! 여기 어디야?"

"어디 어디? 아 거기? 커피 마시는 곳이잖아. 마놀도 알지?"

모른단다. 그러고는 나보고 진짜 저 커피를 마셨느냐고 추궁하듯 물었다. 그럼 마셨고말고! 겨우 100실링밖에 안 하는 그 커피가 얼마나 맛있었는지를 말하자 이내 그의 표정이 완연히 구겨졌다.

"마시면 안 되는데… 저런 곳은 물이 얼마나 더러운데!"

그러면서 자신은 이곳에서 절대로 물을 그냥 마시지 않는다고 말했다. 늘 생수를 마시고 생수가 없으면 반드시 물을 끓여 마신다고 하면서, 노상 카페에서 커피를 마신 나를 이상한 눈으로 보았다. 뒤이어 나온 카사바 사진에 그가 보인 반응은 더 가관이었다.

"순자, 이걸 먹은 거야?"

"응, 이거 내 옆에 앉은 탄자니아 사람이 나 먹으라고 사주더라. 먹어보니 바삭바삭하고 얼마나 맛있었는지 몰라. 그 마음이 고마워서 돈은 다시 내가 냈어."

그러자 마놀은 "그 더러운 음식 왜 먹었냐"며 마구 흥분했다. 이때부터는 나도 슬슬 이성을 좀 잃었다.

"더럽다고? 흔하게 먹는 음식이었어. 그럼 그 사람들은 뭐가 되는데? 너만 깨끗해?"

사실 아루샤에 도착했을 때부터 그가 나에게 강조한 게 몇 가지 있다. '아루샤에는 나쁜 사람이 아주 많다. 그러니 사방 조심하고, 카메라 조심하고, 스마트폰은 특히 더 조심하고!' 이걸 몇 번이나 강조했는지 모른다. 사실 그의 말이 맞다. 아프리카의 치안은 썩 좋지 않은 편에 속한다. 조심하라는 말, 고맙지. 그런데 난 왜 이렇게 기분이 나빴을까? 마놀의 말이 정도를 지나쳤기 때문이었다. 이곳은 그의 나라 탄자니아 아닌가. 하지만 그는 마치 '우리나라 사람들은 다 저급하다'는 인식이 깔려 있는 것처럼 말했다. 자신 역시 탄자니아에서 태어나 지금껏 살고 있는 국민이면서, 그들과 선을 긋는 듯한 그가 영 못마땅했다. 그래서 그의 이야길 듣고 있다가 소리를 꽥 지르고 말았다.

"마놀! 스톱! 당신이 그렇게 말한다는 사실이 너무 슬프네. 자신의 나라를 심하게 말하는 건 좋지 않아. 그러니 이제 그만해. 조심하라는 이야기까진 좋아. 하지만 좀 심해. 지금 우리가 있는 이곳은 니네 나라야. 당신은 탄자니아 사람 아니야?"

흥분하여 따발총을 쏴대는 나를 마놀은 멍하니 바라보았다.

그 순간 갑자기 소설가 박완서의 작품 한 대목이 생각났다. 『부끄러움을 가르칩니다』였다. 아주 오래전에 읽어서 내용이 완벽히 기억나지는 않지만 앞부분은 생생하다. 주인공이 쇼핑하러 동대문시장에 갔다가 복잡한 시장 어딘가에서 누군가 소리치는 것을 들었다.

"조심하세요, 여긴 소매치기가 아주 많습니다!"

이렇게 소리친 사람은 일본 여행객을 인도하는 한국인 가이드였다. 그러니까 한국인이 일본인들을 향해 그렇게 말한 거다. 그 말을 들은 주인공은 심한 부끄러움을 느꼈다. 그 인상적인 장면을 지금도 생생히 기억하고 있다. 내 나라에서, 내 나라 사람을 다른 나라 사람에게 좋지 않게 말한다는 것은, 부끄러운 일이다.

마놀과 대화하면서 갑자기 이 소설이 떠올라서 위 내용을 말해주고는 물었다. 당신 나라를 그렇게 좋지 않게 이야기하면 부끄럽지 않냐고. 당시 그가 내 이야기를 이해했는지 안 했는지 모르겠다. 대화가 아니라 서로 자기주장만 한 것 같아 좀 찝찝했지만 우리는 미묘해진 분위기를 잘 마무리하고, 조금 있다 다시 만나 함께 저녁을 먹기로 했다. 그리고 그날 밤 마놀은 약속 시간에 나타나지 않았다. 마놀에게 차이고 만 것이다!

지금 와 생각해도 마놀의 행동은 썩 바람직하지 못하다. 하지만 더 좋은 방법으로 설명할 수 있지 않았을까, 스스로에 대한 아쉬움이 있다. 마놀의 입장에서는 모든 게 다 나를 위한 말이었다. 그가 자국을 부정적으로 말하게 된 계기가 있었을지도 모른다. 그러니 흥분해서 말할 것이 아니었는데 나 역시 지나치게 곤두선 말투를 사용했다. 아쉬움과 반성이 남은 날이다. 그렇지만 이것도 다 배움이었다. 여행길 여기저기에 스승님이 계신다. 마놀에게도 나와 같은 깨달음이 있지 않았을까?

마놀, 다음에 만나게 된다면 그땐 제가 좀더 성숙해져 있길 바라 봅니다! 그리고 어느 날 내가 조금이라도 이해된다면 연락하기를!

당신이 좋아하는 김치, 함께 먹어야쇼!

from. 당신의 나라, 탄자니아와 사랑에 빠진 쨍쨍

요가를

한다는 것

▶

"루이가 제주에 있다고요?"

제주로 이주한 후 루이에게 제주로 오라고 초대했던 적이 있다. 하지만 그는 딱 잘라 거절했다. 이유를 물었더니 제주 가서 뭐 해 먹고 사느냐. 한참 루이에게 빠져 있을 때, 어떻게라도 루이를 제주에 오게 하고 싶었다. 그때 친구 중 한 명이 그랬다. 루이는 요가를 할 줄 아니, 제주 와서 요가를 가르치면 된다고. 맞네, 그런 방법이 있네 했는데….

"언니, 제주에 이미 루이 있는 것 같은데요!"

루이가 제주에 있다니, 이게 다 무슨 소린가. 그녀의 말에 따르면 루이와 닮은 사람이 제주에서 요가 강사를 하고 있단다. 뭐시라고? 그래서 10년 전 어느 새벽, 요가원으로 향했다. 오로지 루이를 닮았다는 그 요가 선생님을 만나기 위해서!

이것이 바로 그 유명한 한주훈 요가 선생님과의 첫 만남이었다. 한주훈 선생님은 예능 <효리네 민박>에 등장해 화제가 되었던 가수 이효리의 요가 스승님이시다. 그래서 한주훈 선생님이 루이와 닮았느냐고? 두 사람 다 수염이 있긴 했다. (참고: 루이가 더 잘생겼다.)

시작이야 어찌 되었든 이날 요가원에 등록한 이후로 나는 요가에 홀딱 빠지게 되었다. 요가를 하면 할수록 본능적으로 느꼈다. 아, 이건 며칠로 끝낼 게 아니구나. 평생에 걸쳐 하게 되겠구나. 그러니까 요가는 나에게 삶이다.

요가가 삶이 된 후, 여행지에서 숙소를 고를 때에는 근처에 요가원이 있는지를 확인한 후 결정한다. 특히 인도네시아 우붓은 '도시 전체가 요가원'이라고 할 만큼 요가원이 많다. 우붓 요가원은 대부분 자연 가까이에 있다. 거의 밀림 속에 있다고나 할까? 그래서 굳이 요가원에 가서 요가를 하지 않아도 그곳에 있다는 것만으로 충분한 힐링이 되곤 한다.

하지만 '최애' 장소는 따로 있다. 바로 인도 리시케시! 우붓이 '요가의 천국'이라면 리시케시는 '요가의 성지'다. 날마다 갠지스강을 바라보며 요가를 한다고 상상해보시라. 시간대별로 바뀌는 강물 빛의 아름다움에 몸이 떨린다. 다시 리시케시에 갈 날을 손꼽아 기다리고 있다.

이제 요가에 입문한 지 10년쯤 되었고 몇 번 수업을 진행해본 적도 있는데, 물구나무서기나 우르드바 다누라아사나urdhva dhanurasana♦ 같은 것은 전혀 못 한다. 이렇게 말하면 놀라려나, 사실 나는 요가를 '잘'해야겠다고 생각해본 적이 단 한 번도 없다. 그저 요가할 때의 내가 좋다. 정확히는 그때의 집중이 좋다. 집중을 하게 되면 나를 잊게 되고 내가 없어지는데, 그 상태가 좋다. 요가는 명상으로 직결된다. 요가 '아사나' 동작 하나하나에 명상이 아닌 것이 있던가.

나는 어느 순간, 행복하면 저절로 내 손과 발이 나무가 되는 '나무자세'를 하는 사람이 되었다.

나는 어느 순간, '파드마사나padmasana'♦♦를 하고 있으면 내 마음이 고요해짐을 느끼는 사람이 되었다. 옴 나마 시바야om namah shivaya ♦♦♦!

그러니 내게는 '요가를 배운다'는 말보다 '요가한다' '요가를 즐긴다'는 말이 적합하다. 사실 언제부터인가는, 더이상 요가를 가르치지도, 배우지도 않겠다고 내 맘에 선언했다! 그래서 나는 그저 요가를 한다. 요가를 사랑한다.

♦　　똑바로 서 있는 상태에서 천천히 상체를 뒤로 젖혀 아치형을 만드는 요가 자세.
♦♦　　양반다리를 하고 앉은 상태에서 오른쪽 발바닥을 왼쪽 발바닥 위로 올려 다리를 교차시키는 요가 자세.
♦♦♦　　"나는 시바신에게 경의를 표합니다"라는 뜻으로, 시바신과의 연결을 강화하고 내면의 평화를 가져다준다고 믿어지는 주문이다.

쨍쨍 숲 산책과

나의 회장님

"쨍쨍, 여기가 진짜 제주다."

내가 살고 있는 제주의 집, 쨍쨍랜드에 친구나 지인들이 놀러오면 잠시 집에 머물다가 산책을 권유한다. 집 안에 오래 있는 것을 별로 좋아라 하지 않거든. 그렇게 집밖으로 나서서 내가 자주 가는 동네 산책길을 같이 걷고 있노라면 누구든 이구동성으로 하는 말이 이거다. '여기가 진짜 제주다'.

"쨍쨍 여기 넘 좋다. 이제 진짜 제주를 본 거 같아. 사람들 모아서 한번 '산책 이벤트'를 해봐. 이런 곳이 있는 줄도 몰라서 못 오는 사람들 많거든."

이런 식으로 주변으로부터 산책 이벤트를 열어보라는 말을 참 자주 들었다. 다들 원한다니까 함 해볼까 싶었다. 다만 언제 어디서든

'혼자 여행자'인 내가 과연 여러 명의 사람들과 함께할 수 있을지가 걱정스러워 한동안 망설였다. 하지만 이 좋은 경치를 나 혼자 보면 반칙이라는 생각이 들었다. 그래, 사람들에게 아름다움을 나눠주자는 마음으로 '쨍쨍 제주 숲 산책'을 시작했다.

 이벤트를 시작하기에 앞서 제일 고민이었던 게, 이것을 유료로 모집할지 무료로 모집할지였다. 양질의 기획을 위해서는 유료여야 한다는 것이 1차 결론이었다. 이 결론까지 도달하는 데도 제법 많은 고민의 시간이 있었으나 곧바로 더 깊은 고민이 생겼다. 얼마를 받느냐. 두 시간 숲 산책을 하는데 과연 얼마를 받아야 될까? 고민에 고민을 반복한 끝에 드디어 2차 결론을 내린 뒤, 포스터를 만들어 공지했다.

 "쨍쨍 숲 산책 1회, 산책, 요가, 명상 포함 두 시간, 1만 원."

 금액을 내걸기가 조심스러워 떨리는 마음으로 SNS에 공지를 올렸다. 신청자가 아무도 없으면 어쩌나 했는데 웬걸, 다섯 명 정원으로 생각했건만 무려 열 명이나 모였다. 내가 좋아하는 숲을 그들과 함께 걸으며 담소도 나누고, 요가와 명상도 잠깐잠깐씩 진행했다. 첫번째 만남 때는 가을비가 내렸는데, 비도 마다하지 않고 모든 프로그램을 즐겁게 참여하시는 모습에 크게 감동했다. 두 시간의 숲 산책이 끝나고 모두 곧장 해산할 줄 알았더니 다들 조금씩 아쉬웠는지 점심도 같이 먹고, 카페로 자리를 옮겨 커피 타임까지 자연스럽게 프로그램이 이어졌다. 내친김에 각자 자기소개하는 시간을 가졌는데, 그 과정에서 나는 크게 놀라고 말았다. 어느 분은 SNS 추천 게시물로 나를 알게 된 지 얼마 되지도 않았는데, 숲 산책 공지를 보자마자 첫 비행기를 타고 이 프로그램에 참석하게 되었다고 한다. 여기까지만 해도 감동인데, 오로지 숲 산책 때문에 왔으니 이 모임이 끝나면 바로 집으로 돌아간단다. 뭐라고요? 오로지 날 보기 위해서 왔단 말인가요? 알고 보니 육지 참가자 대부분이 그렇다고 했다. 황송하기 이를 데가 없었다.

첫번째 이벤트가 무척이나 행복한 시간이었기에, 매주 토요일 오전 10시로 아예 일정을 고정하고 이후로 10회의 숲 산책을 더 개최했다. 참가자들도 기뻐했지만 누구보다 내가 제일 기뻤다. 매주 새로운 사람들과 만나 이야기하는 공식 일정이 생겨버렸으니 굳이 더 여행을 가지 않아도 되었다. 이 얼마나 행운인가?

최종적으로 약 백 명 정도의 참가자들을 만난 것인데, 한 분 한 분이 다 기억에 남는다. 그중 유독 강렬한 인상을 남긴 한 분에 대해 이야기하려고 한다.

"쨍쨍님을 위해 오픈카를 렌털했습니다."

내 인스타그램의 릴스를 보고 나를 꼭 만나고 싶어 신청한다며 자기소개를 빼곡히 채운 진영님의 메시지가 날 웃게 했다. 그녀는 5회 참가자였는데 우린 만나자마자 쿵짝이 잘 맞아 의기투합해 그녀의 오픈카를 타고 제주를 달렸다. 심지어 다음 날에는 나와 함께 제주 마라톤대회에 참가해 10킬로미터를 완주해내기까지 했다.

우리의 인연은 여기까지가 아니었다. 이후 육지에 강의가 잡히면 이곳저곳 이동하기 편하라고 그녀가 직접 운전해서 나를 데려다주었다. 뭐지, 뭐지? 왜 이렇게 나에게 잘해주지 하는 생각이 들 만큼 그녀는 나에게 극진했다. 그러고는 내가 극구 말렸건만 기어코 '쩽사모 회장님'을 자청했다.

'쩽쩽바라기' 진영 회장님은 지난겨울에 태국 빠이에 한 달 살기 중이던 내게 연락을 걸어왔다.

"쩽쩽이 맨발 걷기한 그곳, 나도 걷고 싶고요. 쩽쩽이 트레킹한 곳, 나도 하고 싶어요. 온천도 쩽쩽처럼 하고 싶고요. 저도 빠이에 가도 될까요?"

왜 안 되겠어! 언제든 오시라 말하자, 그녀는 방학과 동시에 태국으로 날아와 함께 여행을 시작했다. 홀로 여행족인 내가 많이 배운 여행이었다. 우리는 이렇게 종종 여행을 다니게 되었고, 올해는 이탈리아 돌로미티와 토스카나를 함께 여행했다. 귀국해 잠시 지리산에 머물 적에도 머나먼 산천으로 나를 찾아온 나의 회장님, 나의 친구 진영. 당신을 만난 건 내 인생의 행운이다.

호주

플린더스섬에

오게 된 이유

아일랜드에 지낼 동안 더블린의 매력에 푹 빠져 있다가 거의 정반 대편인 서해안 해변인 골웨이로 발걸음을 옮기기로 했다. 동해안과 또다른 매력덩어리인 이곳에서는 아주 특별한 숙소에 머물렀다. 규모가 굉장히 크고 모든 시설들이 아름답고 편리했는데 알고 보니 유럽 고등학교 수학여행단의 단골 숙박업체였다. 이런 사실을 모르고 예약했는데, 직접 와보니 굉장했다. 일주일쯤 머무르며 친구도 사귀고 함께 여기저기 놀러 다녔다. 체크아웃을 하루 앞두고, 성미가 잘 맞는 친구들과 마지막날을 그냥 보낼 수 없어 다 같이 아이리시펍에서 코가 삐뚤어지게 마셨다.

그로부터 5년이 지난 어느 날, 페이스북으로 친구 신청이 들어왔다. 클릭해보니 외국인 여자였다. 누구시냐 물었는데, 대뜸 "친구 신청을 받아줘서 고마워! 당신의 페이스북 속 사진들이 항상 내 하루를 밝게 만들어줘"라는 답이 돌아왔다. 잠시 그녀와 대화해보니 분명 나와 인사를 나눈 것 같은데… 기억이 잘 나질 않아 우리가 어디서 만난 적이 있는지 물었다.

"아주 예전에, 게다가 잠깐 만난 게 다야. 아일랜드였고, 2012년이었어. 아마 골웨이였지?"

오! 그렇다면 골웨이 사는 현지인일까? 정확히 어디서 만난 사이였더라, 고민하는데 그녀가 보낸 사진 한 장에서 모든 궁금증이 풀렸다. 내가 그곳 호스텔에 머물 때 친하게 지냈던 프랑스 남자의 사진이었다. 숙소에 머무는 동안 잠깐 나와 제법 알콩달콩하게 지냈던 사이였다. 그녀는 마지막날의 그 아이리시펍에 동행했다고 한다. 이런, 5년이 지났다고 프랑스 남자 말고는 기억이 나질 않네! 펍에서 찍은 사진들을 몇 장 찾아보니, 가게 앞에서 어떤 여자랑 찍은 사신이 있었다. 그녀에게 그 사진을 보냈더니 본인이라고 했다.

그녀의 이름은 애너벨. 이후 우리는 페이스북 친구가 되어 서로의 일상을 나누었다. 공교롭게도 그녀와 나는 섬에 살고 있더라. 난 제주도, 그녀는 호주 플린더스섬. 플린더스섬은 제주보다 큰 섬이지만 인구가 800명뿐이다. 우리는 같은 섬사람들이었다. 어느 날 내가 물었다.

"우리 둘 다 섬에 살고 있네. 우리, '집 바꿔 살기' 한번 해볼래?"

"재밌겠는데? 좋아!"

이때의 나는 11월부터 찾아올 제주의 차디찬 겨울로부터 도망칠 따뜻한 나라를 물색 중이었는데 애너벨에 따르면 그 섬의 11월은 여름이란다. 오호라, 그렇다면 이때가 적기 아닐까?

"혹시 11월에 내가 그 섬에 가도 될까? 너는 제주도에 오고."

그녀는 그때 제주도로 가기는 쉽지 않겠지만, 내가 오는 것은 언제든 환영이라며 11월에 꼭 와달라고 말했다.

플린더스섬으로 들어가기 위해서는 긴 여정을 거쳐야 했다. 인천에서 쿠알라룸푸르로, 거기서 멜버른으로 이동하는 데만 거의 하루가 걸렸다. 휴식을 위해 멜버른에서 2박을 한 뒤에 다시금 섬으로 들어가는 비행기에 몸을 실었다. 공항에 도착하니 나처럼 머리에 노란 꽃을 꽂은 애너벨이 38년 되었다는 도요타 자동차의 문을 열어주며 "웰컴 투 플린더스, 순자!"라고 외쳤다. 5년 만의 해후! 우리는 깊은 포옹을 했다.

공항에서 애너벨 집으로 가는 길, 눈에 보이는 모든 곳이 아름다워 자꾸만 '우와!' 하고 소리를 질렀다.

"순자, 여기부터가 우리집이야."

여기부터…? 그녀가 말을 꺼낸 곳은 사실상 도로였다. 길옆으로 숲이 광활하게 펼쳐진 도로. 게다가 당장 눈앞에 '집'이라 부를 만한 게 보이지 않았다. 그렇게 5분을 넘게 달리자 저어기 멀리 건물이 보였다. 그곳이 애너벨의 집이었다. 입구에서 현관까지 자동차로 무려 5분 이상 걸리는 곳이 집이라니!

페이스북에서 '집 바꿔 살아보기'를 제안하고 이내 내가 그녀의 집에 가게 되었을 때, 애너벨의 집이 궁금해 사진을 미리 받아본 적이 있다. 그때 본 풍경보다 몇 배는 더 아름답고 낭만적인 곳이었다. 눈에 거슬리는 건물 없이 탁 트인 숲 전경이 멋졌다. 청정지역이라는 호주, 그중에서도 사람이 적은 플린더스섬의 하늘은 그야말로 압도적이었다. 이것은 현실일까? 감격에 감동까지, 어찌할 바를 모르는 나에게 애너벨은 낭만적인 술상마저 차려주었다.

우리는 맥주를 한 캔씩 들고 잠시 숲을 산책하기로 했다. 숲은 울창할 뿐만 아니라 중간에 호수까지 있었다. 세상에, 토끼가 세수하러 올 수준을 넘어 흑조가 살 정도로 널찍하다.

"애너벨, 나 너무 행복해서 기절할 것 같아…."

"하하, 여기까지 오느라 피곤하기도 하지?"

피로가 쌓인 상태에서 행복에 취하니 잠이 오나보다. 장시간 이동에 지친 나를 위해 애너벨은 욕조에 물을 가득 받아주었고, 목욕까지 마치자 노곤함을 견디지 못한 나는 아주 깊은 잠을 잘 수 있었다. 무려 캥거루가 내 방 창문을 두드릴 때까지!

캥거루의 모닝콜을 받고 일어난 아침, 섬사람답게 바다를 좋아하는 애너벨과 나는 해변으로 달려갔다. 11월의 해수욕이라니, '8월의 크리스마스'만큼 낭만이 넘친다. 우리는 매일매일 다른 해변으로 갔다. 어디를 가든 애너벨은 유년시절의 추억이 담긴 곳이라 말했다. 맑디맑고 푸르디푸른 놀이터에서 자란 아이는 자연이 주는 편안함과 여유로움을 몸 안 가득 키우며 자라는 걸까? 애너벨은 5년 전에 잠깐 스치듯 만난 나와도 무척이나 살갑게 지냈다. 페이스북에서도, 현실에서도 선한 에너지를 내뿜는 멋진 그녀와 바닷가를 거닐다가 원한다면 언제든 바닷물에 뛰어들었다. 그렇게 한참을 바다에서 놀다 지친 나는 바위 위에 불가사리처럼 잠시 늘어져 있었다. 그리고 그곳에서 익숙한 무언가를 발견했다. 바로 보말이었다! 한번 알아차리고 나니 사방팔방 보말 밭이었다. 바위틈에, 그 밑에, 하다못해 물속에도 많았다. 어리둥절해하는 애너벨에게 맛있는 요리를 해주겠다 말하고는 정신없이 보말을 주워담았다. 기대해, 애너벨!

집으로 돌아와서 해감을 위해 보말을 맹물에 담가두었고, 다음 날이 되자마자 건져 일단 한차례 삶았다. 내 행동을 신기해하는 애너벨에게 보말 까는 법을 설명해주었다. 그 과정에서 잠시 먼 추억 속으로 빠져들었다.

어렸을 때 방앗간을 했던 우리집은 오후부터 저녁까지 너무 바쁜 탓에 온 가족이 저녁때를 놓치기 십상이었다. 항상 밤 8시가 넘을 즈음에야 겨우 저녁을 준비했는데 먹을 것에 진심인 우리 가족은 그 늦은 시간에도 밥을 간단히 해 먹는 법이 없었다. 특히, 열기가 살짝 누그러진 여름 저녁에는 자주 '고디국♦'을 끓여 먹었다.

절차는 단순했다. 시장에서 사오거나 강에서 주워온 고디를 큰언니가 삶으면, 살을 빼내는 게 국민학생이었던 내 역할이었다. 늦은

♦ '고디'는 다슬기를 뜻하는 경상도 사투리다. 지역에 따라 고둥, 고디, 보말(바다고둥)이라고 불린다.

밤 배는 너무 고픈데 시간은 늦었으니 꾸벅꾸벅 졸면서 고디를 깠다. 우리 여덟 식구들 다 먹을 양을 어린 손으로 깠으니 제법 시간이 오래 걸렸던 기억뿐이다. 그렇게 살을 발라낸 고디와 함께 들깻가루와 쌀가루, 배추를 듬뿍 넣고 푸욱 끓인 고디국의 맛이 지금도 생생하다. 9시가 다 되어서야 한 숟갈 겨우 뜰 수 있었던 그 여름날의 기억을 어찌 잊을까?

감기는 눈을 비벼대며 고디를 까던 그 시골 아이는 자라고 자라, 세계 여행자가 되어 이제는 오세아니아 대륙까지 와서 고디국을 떠올리며 외국 친구와 함께 보말을 깐다. 아, 추억이여. 그렇게 삶은 보말로 나는 애나벨에게 보말비빔밥을 만들어주었다. 기본 비빔밥 재료들에 삶아서 깐 보말을 얹은 것이었다.

"순자, 너무 맛있다!"

본인도 한 요리하는 애나벨이 먹어보더니 무척이나 맛있단다. 그렇지, 또 먹고 싶지 않아? 그러니까 얼렁 제주로 와. 우리 같이 보말 주우러 가자!

나의
뉴질랜드를
만나보실래요?

　이번 오세아니아 여행은 인연이 꼬리에 꼬리를 물었다. 애너벨의 집으로 떠나기 하루 전, 제주 카페에서 작은 파티가 있었다. 참가자 대부분이 제주에 사는 원어민교사들인지라 옆 사람에게 "안녕? 어디서 왔어?" 했더니 뉴질랜드 사람이고, 제주에서 영어 선생을 한단다.

　"뉴질랜드? 나 내일 호주 가는데."

　"호주를 가면 당연히 뉴질랜드도 가야지!"

　호주를 가게 된 경위를 대강 말해줬더니 그녀는 너무 좋은 여행이라며 웰링턴에 언니와 이모할머니가 살고 있으니 꼭 가라고 말했다. 그냥 하는 말인가 했더니, 페이스북으로 친구 신청을 해 장문의 메시지까지 보냈다. 꼭 웰링턴, 자기 언니네 집에 가라고! 일정을 확정 짓기가 어려워(언제나 그랬듯!) 확실한 결정은 내리지 않은 상태로 호주행 비행기를 탔다.

그렇게 며칠간 호주 애너벨 집에서 머물다, 뉴질랜드도 가기로 결정했다고 그녀에게 연락했더니 또다시 장문의 메시지가 오기 시작했다. 공항 픽업은 어떻게 해줄 것이고(수없이 사양했지만 기세를 이길 수 없었다…), 집은 어디 있고 어떻게 지내면 된다는 것과 그곳에서 볼거리가 무엇인지 등등 내게 경험시켜주고 싶은 것이 산더미인 듯했다. 마지막으로 언니가 일로 바빠서 함께 어울려주지 못할 것이며, 이모할머니의 영어가 서투를 것이라 미안하다는 말을 덧붙였다.

"걱정 마, 나는 '혼자 놀기'의 여왕이야! 내 영어도 그저 그러니까 절대 걱정 말고!"

열심히 그녀를 안심시켰다. 딱 한 번, 그 짧은 만남에 어쩜 저리 친절할 수 있을까? 대자연에서 나고 자란 오세아니아 사람들은 다 그런 것인가! 아님 나의 타고난 복일지도!

뉴질랜드 웰링턴공항에 도착하자 언니와 이모할머니께서 이미 마중을 나와 있었다. 언니는 '비니세', 이모할머니는 '세네'라고 소개했다. 헬로우! 아이 엠 순자! 반갑게 인사를 나누고 집으로 이동해 현관에 들어서려는데, 두 사람이 "잠깐!"이라고 외쳤다. 그러고는 후다닥 집 안으로 들어가서 곧바로 화관을 들고 나타났다. 대박! 아마도 내가 늘 머리에 꽃핀을 장착하고 다닌다는 정보를 입수한 모양이었다. 머리에 화관을 쓰고 우리 세 여자의 웰링턴 라이프가 시작되었다.

우리는 너무나 독립적인 사람들이었다. 셋 가운데 하나라도 성향이 맞지 않는다면 서운하다, 섭섭하다, 외롭다는 소리가 나오겠지만 공교롭게도 우리는 모두 기꺼이 혼자가 되는 사람들이었다. 밥도 알아서 먹고, 노는 것도 알아서 놀면 그만이었다. 종종 흥이 오르면 다 같이 먹자며 나는 김밥을 산더미만큼 말았고, 두 사람은 맛있게 먹어주었다.

사실 비니세는 간호사라서 늘 바빴다. 웰링턴으로 여행 온 나에게 구경을 많이 못 시켜주어서 미안하다면서, 퇴근 후 피곤할 텐데도 세네와 나를 태우고 밤 산책으로 오리엔탈베이와 장미정원에 데려다주었다. 오리엔탈베이에서는 바다와 어우러진 시내 야경이 그야말로 환상이었다. 너무 기분이 좋아 나는 고마 몸을 흔들기 시작해 부렀고, 그런 내 흥에 전염된 두 사람도 급기야 나와 함께 자리에서 춤을 추었다. 세 여자가 흥에 겨워 춤추는 데 배경음악은 따로 필요가 없었다. 우리의 웃음소리와 웰링턴의 바람, 하늘의 별이 선율이 되어주었으니까!

내 살면서 여행길에서 억수로 많은 사람을 만났지 싶은데, 살다 살다 이래 유쾌 통쾌 상쾌한 사람들을 봤던가! 정말이지 이 글을 쓰는 지금도 행복하다. 비니세는 그녀의 동생이 지내고 있는 제주를 궁금해했다. 날씨는 어떤지, 바다는 가까운지. 이역만리 떨어져 지내는 동생이 잘 지내는지 신경이 쓰였겠지. 그래서 곧바로 말했다.

"세네, 비니세! 제주에 한번 와보는 건 어때? 아름다운 오름과 숲을 같이 가자!"

두 사람은 좋다며 고개를 끄덕였다. 제주도에서 뉴질랜드로 이어진 인연이, 언젠가 뉴질랜드에서 제주도로 이어지며 하나로 연결될 날이 오겠지!

이 사랑스러운 사람들은 어느 날의 오후, 내 어깨 아프다는 말에 손수 마사지를 해주고는 뉴질랜드 버전의 파스인 '호랑이 크림'까지 통째로 내어주었다. 그러고는 어깨 통증이 가시게 해달라며 두 사람은 기도까지 해주었다. 그 광경이 참 감동스러워 나도 모르게 "나도 교회 갈게요"라고 할 뻔했지, 뭐야.

나의 뉴질랜드 여행은 세네와 비니세, 두 사람으로 시작해서 두 사람으로 끝났다. 사람으로 기억된 나의 뉴질랜드. 그러니 다시 뉴질랜드를 가야 할 이유 또한 세네와 비니세다. 세상은 넓으니 여기 뉴질랜드 웰링턴보다 아름다운 경치는 분명 존재한다. 하지만 세네와 비니세는 유일부이한 사람늘이다. 그늘이 있는 이곳보다 더 아름다운 경치가 있을까!

"쨍쨍님 혼자 여행하면 외롭지 않으세요?"라는 질문을 자주 받는다. 보시라, 혼자 처음으로 간 뉴질랜드 웰링턴인데 어디 외로울 틈이 있어야 말이지! 또한 외로우면 어떠랴? 그 외로움마저 친구 삼으면 얼마나 달콤한 여행이 되는지! 오, 사랑하는 나의 여행이여!

월과

엄마

▶

대구공항에 내려 동생이 주차해둔 곳까지 함께 걸어가는데, 그리 길지도 않은 거리를 못 걸으시겠는지 엄마는 아무 곳에나 털썩 주저앉으셨다.

"야야, 다리 아파서 못 가겠다."

"엄마, 거기 앉으면 안 돼."

말릴 새도 없이 엄마는 이미 자리를 잡아버렸다. 엄마는 몇 년 전에 관절 수술을 받으셨는데 수술이 별 효과가 없는 건지 여전히 걷기를 힘들어하신다. 하지만 제주에 사는 내가 이리 급하게 엄마를 만나러 온 이유는 따로 있다.

"언니야, 요즘 엄마가 셋째 오빠 집에 와 계시는데… 어딘가 평소보다 쫌 이상하다."

며칠 전 동생이 전화를 걸어왔다. 원래 같으면 엄마는 하루에 몇 번씩 병원에 가야겠다거나 아프다는 소리를 달고 사시는데 요즘은 통 병원 가자는 말씀도, 아프단 말씀도 하지 않으신단다.

"그게 왜 이상하노? 아프다는 말이 없으면 잘된 것 아이가? 엄마 건강이 좋아지신 거겠지."

"언니야, 그기 아이다…. 사람이 평소대로 해야지. 우리 엄마 저래 변하면 뭐가 이상한 거 맞다."

하루는 울산에 사는 큰언니가 내려와서 엄마를 목욕시켜드리는데 엄마가 그랬단다.

"야야, 나는 마 여기서 죽을란다…. 내 마이 살았다 아이가."

그 말에 나와 동생은 전화통을 붙잡고 울었다.

엄마는 요즘 툭하면 '죽을란다' 이 소릴 달고 사신다. 왜 그러실까, 무엇이 엄마를 자꾸만 죽고 싶게 만드는 걸까? 그 수다스러운 시절들, 온갖 열정을 다해 우리에게 각종 이야기를 들려주던 그 시절들은 다 어디로 감춰버린 것일까? 가끔 집에 내려가 같이 누워 있으면 오랜만에 만난 내가 혹시나 벌써 잠들까봐 집안의 옛 대소사를 밤새 들려주던 우리 엄마는 도대체 어디로 갔단 말인가! 왜 저렇게 변하셨을까, 왜 저렇게…. 엄마의 얼굴 위로 엄마와 정반대의 삶을 사는 월의 얼굴이 겹친다.

엄마, 여행하며 만난 월은 엄마보다 네 살 더 많아. 하지만 마음만큼은 청춘이야. 그래서 월의 이야기를 엄마에게 들려드리고 싶어. 월은 미국 사람인데 예전엔 변호사를 하셨대. 변호사를 끝내고는 여러 나라에서 봉사활동을 많이 하시고 지금은 인도네시아 발리라는 섬에 살고 계셔.

9월, 발리에서 아침 산책을 하다가 우연히 만나 정말 많은 이야길 나누었지. 대화하다보니 호기심도 많고 즐거움도 많은 게, 나랑 아주 잘 통했어. 삶의 열정이 아주 가득한 분이었어. 무엇보다 건강을 잘 챙기셔. 아침식사 후에는 개 세 마리와 두 시간 정도 산책을 하신대. 토요일이면 발리 시내 상점에서 봉사활동도 하고, 고등학생들에게 영어도 가르치신대.

월에게는 어느 하루 즐겁지 않은 날이 없는 것 같아. 아흔을 바라보는 나이지만 스페인어도 공부 중이고, 지금은 나 때문에 한국어도 공부 중이래. 거의 하루에 한 번씩은 꼭 나랑 화상통화를 하는데 늘 얼굴엔 웃음이 한가득이야. 엄마와는 정반대지? 우리 엄마, 웃음 띤 얼굴 본 지가 정말 아득하다. 그래서 내가 월보고 말했어.

"월, 월이 우리 엄마 만나서 인생 이야기 좀 들려주세요. 우리 엄마 좀 웃게 만들어주세요!"

"순자, 순자의 어머니도 나처럼 누군가를 사랑한다는 것을 깨닫는다면 자연스럽게 웃고 떠들게 될 거야. 사랑하면 다른 사람에게 그 사랑을 말하고 싶어지거든! 지금 당장이 아니어도 돼. 옛날이야기라도 괜찮아. 내가 누군가를 사랑할 줄 아는 사람이라는 것만 잊지 않으면 돼."

그렇대, 엄마. 엄마도 월처럼 누군가를 사랑해볼래? 그러면 월처럼 웃게 되고, 다시는 '죽을란다' 소리를 안 하게 될까? 엄마, 사랑하는 엄마! 몸이 예전과는 다르겠지만, 여전히 엄마를 사랑하는 사람들을 생각해주세요. 그 사람들을 생각하면서 싱긋 웃어주세요. 누군가를 사랑하게 되어서, 날마다 나에게 전화해 엄마의 사랑을 이야기해 줄 날을 기다려볼게요!

이때로부터 10년이 지난 2024년 현재, 엄마와 월은 모두 하늘나라를 여행 중이시다. 하늘나라 여행하다가 혹시나 두 사람이 만나지 않았을까?

엄마, 그리고 월! 그때도, 지금도 변함없이 당신들을 사랑합니다!

뭐가
무서운가요?

팔뚝에 주소를 새기고 숙소를 찾아가는 중이었다. 프린트를 미리 해놓지 않는 나의 비범함, 변함없다! 못 찾아갈 것이라는 공포감은 푸른 하늘과 함께 잊어버렸다. 날씨도 햇빛도 아름다운 오늘이다. 숙소 찾다 말고 열심히 오늘을 기념하며 촬영에 집중하는데 누군가 한국말로 말을 걸었다.

"쨍쨍님이죠?"

오잉? 이 먼 곳, 남미에서 어찌 나를 아는 사람이 있단 말인가? 깜짝 놀라 나를 어찌 아시냐 물었더니 온라인과 오프라인 강의를 모두 들었다고 하셨다. 내 블로그도 팔로우해서 현재 남미 여행을 다니는 중인 것까지 알고 있단다.

"아, 그랬군요! 반갑습니다."

인사를 나누고는 "여행 즐거우시죠?"라 물었다. 이렇게 날씨가 좋으니 긍정적인 대답이 올 줄 알았건만 아니란다, 즐겁지 않단다.

"무슨 문제가 있나요?"

한숨과 함께 시작된 그분의 이야기는 이러했다. 그분까지 총 네 사람이 모여 한 팀으로 남미 여행을 왔는데, 팀원 간 사소한 다툼으로 리더는 완전히 마음이 상해버렸고 팀은 와해 직전이란다. 자신은 리더 한 명만 믿고 따라왔거늘 제대로 된 여행은커녕 시간만 날리게 생겼단다.

"아, 그래요? 그럼 어떻게 하고 싶으세요? 제 강의 들으셨다면 혼자 여행할 수 있지 싶은데."

"아유, 너무 무서워요. 혼자서 여행은 꿈도 못 꿔요."

"아니… 뭐가 무서우세요?"

잠고로 이분은 40대 초반쯤 되어 보이는 신체 건강한 대한민국 남성분이셨다. 뭐가 무서우냐는 나의 물음에 그는 기다렸다는 듯이 우수수 답변을 쏟아냈다.

"남미는 위험한 곳이잖아요. 이런 곳에서 나 홀로 여행은 못 해요. 말도 안 되죠."

'그럼 나는? 나는 어째요, 혼잔데!'라는 말이 턱 끝까지 차올랐지만 입을 다물었다. 알고 있거든. 누군가에겐 쉬운 일이 다른 누군가에겐 무지 어렵다는 것을! 그러니 이럴 때는 그저 들어주는 게 상책이다. 내가 그분에게 하고 싶었던 말은 이러했다.

"말이 왜 안 되나요? 중학교 영어 실력이면 전 세계를 다닐 수 있습니다. 남미가 위험하다는 건 맞아요, 위험하지요. 하지만 남미뿐 아니라 집 나오면 위험한 곳 천지예요. 그러니 조심하시면 됩니다. 가지 말라는 곳 가지 말고, 먹지 말라는 거 먹지 말고, 해 지면 숙소에 있는 거지요."

여느 때처럼 큰 소리로 이야기해주고 싶었지만, 겁에 질린 사람에게 아무리 말해봤자 쓸데없는 일이라는 걸 알기에 목구멍으로 삼켰다. 장벽은 스스로 넘어서야 도전이 된다. 남이 등 떠밀어 넘어봤자 결국 비슷한 상황이 되면 또다시 얼어붙고 만다. 지금 그에게 내 말은 전부 잔소리처럼 들릴 것이다.

"여행 초반이니 이제 슬슬 다른 분들과 마음 맞춰가면 되지 않겠어요? 여기까지 왔는데, 마음의 문을 닫아버리면 돈과 시간이 아깝잖아요. 다들 마음 풀고 즐겁게 여행하셔요. 또 어딘가에서 만나면 그때 한잔하시죠, 아디오스!"

물론 나도 때로는 무섭고, 때로는 힘들고, 때로는 외롭다.
하지만 함께하면서 서로 고민하고 갈등하고 미워하느니
좀 무섭더라도, 좀 힘들더라도, 좀 외롭더라도
혼자 여행하는 것이 차라리 좋다!
당신도 언제가 되었든, 혼자서도 '쩅쩅'한 당신만의 여행을
한 번쯤 시작해보기를 바란다. 그리하여 혼자서도 씩씩한 쩅쩅,
오늘은 볼리비아에서 인사드립니다.

야드라, 떠나보니 살겠드라

쨍쨍 에세이

초판 인쇄 2025년 2월 6일
초판 발행 2025년 2월 17일

글   쨍쨍

책임편집 변규미
편집 오예림
디자인 최정윤 조아름
마케팅 김도윤 최민경
브랜딩 함유지 박민재 이송이 김희숙 박다솔 조다현 배진성 김하연 이준희
제작 강신은 김동욱 이순호

펴낸이 이병률
펴낸곳 달 출판사
출판등록 2009년 5월 26일 제406-2009-000034호
주소 10881 경기도 파주시 회동길 455-3
이메일 dal@munhak.com
SNS dalpublishers
전화번호 031-8071-8683(편집) 031-8071-8681(마케팅)
팩스 031-8071-8672
ISBN 979-11-5816-187-3 (03810)